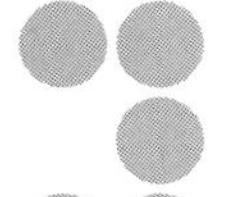

余命一年、夫婦始めます

高梨愉人

ポプラ文庫ピュアフル

目次

With only 1 year left to live,
we got married.

余命一年、夫婦始めます

第1章　余命一年のふたり

「先生。俺は……あとどのくらい生きられるんですか？」

清潔な診察室。皺のない白衣を纏った、初老の医者。机の上のカルテと、対面のホワイトボード。

ついさっきまで俺は――待合室にいたときに入ったクライアントからの着信と、急な退職者が出た影響で進捗が遅れている案件のスケジューリングと、底がすり減っている革靴の買い替えについてしか頭になかった。

ここのところ続く体調不良を受けて最寄りのクリニックに行ったのが三日前。薬をもらいに行くくらいの軽い気持ちだった。それが、精密検査を受けてくださいと言われ、紹介状をもらったのは辺りで一番大きい総合病院。あちこち検査室を回らされ……最後に呼ばれた診察室で俺を待ち受けていたのは、目を逸らすことのできない現実だった。

「それは人それぞれです」

痩せた見た目通りの細い声が、粛々と響く。

「この病気で、似た症例でいいんです。余命はどのくらいなんですか。教えてください」

食い下がる俺に、医者は眉を顰め、カルテを捲りながら淡々と答えた。

「このケースですと……持って一年ですかね。もちろん、それ以上長く過ごされた方もいます」

　俺の命の期限が……たったの一年だって？

　俺は押し寄せてくる不安に背を向けるように、医者に問いを繰り返した。

「でも、たとえ可能性は低くても……過去に完治したケースだって、あるんですよね？　ほら、余命半年から生還したとか、そういう本を見たことありますよ。他の治療法とか、あまり試されていない最新の医療とか。そもそも、もう一度調べたら診察結果が違ってくるかもしれないですし」

　医者はカルテを閉じて、机上にある時計に目をやる。そして俺の顔を冷静な表情で観察しながら、淡々と語りかけた。

「私はあなたの心と体に寄り添って治療を行っていくつもりです。しかし、セカンドオピニオンという選択肢は、当然あります。ご自身が納得されることが一番ですからね」

　そう言って出口へと促すかのように椅子を回し、背中を見せた。

　この病院の受付に来てから、既に二時間が経過している。待合室で散々待たされた。今だって、診察室のすぐ外に、列を作って待っている人がいる。

　この医者にとって、俺は処理すべき業務の一つにすぎない。入社して間もない頃に、情が移って一つのクライアントに手を掛けすぎて、上司に叱責されたことを思い出した。

「分かりました……でも、少し考えさせてください」

　そう言って席を立ち、足早に診察室を後にした俺は、待合室のある廊下を歩きながら業務用のスマホを確認した。着信が一件増えていた。

　鞄を手に急いでエレベーターに乗り込む。他に誰も乗らないのを確認して、閉ボタンを何度も押す。

　徐々に下降していく箱の中。見上げた視線の先で移り変わっていく、モニターのアナログ数字。束の間の孤独が訪れる。

　俺は今からどうなるんだ？　どうするべきなのか――。

　頭の中で自分の声が反響し、パニックになりそうになる。どうにか平静を保とうと深呼吸をし、今から自分がすべきことを整理する。

　そうだ、今は仕事中だ。思いの外診察に時間がかかってしまったが、本来なら既に帰社してクライアントとの打ち合わせ用の資料を作成しているはずだった。急いで通話が許されている一階のエレベーターホールまで行って、電話を折り返さなければ。

　一階に到着し、ゆっくりと扉が開く。すぐに外へと歩き出し、スマホを操作して耳につける。鼓膜を揺らす着信音。視線の先には、受付と、整然と並んだ椅子に座って順番を待っている人々の姿。

「もしもし？　何度もすいません――」

　通話が繋がり、クライアントの焦りの混じった声が耳に届く。

　――しかし、その時だった。

「現行犯！」

荒々しい声が聞こえた。女の子の声だ。はっとして声の聞こえた方へ首を向ける。

エントランスとは反対側の、食堂へと通じる入り口付近に、ガタイのいい中年男性が俯せに倒れており、その足には若い女の子がしがみついていた。

何が起こったのか分からず、状況を把握しきれない中……揉み合いになっている二人の方へ目を凝らす。

「何しやがる。いきなり飛びついてきやがってこの女！」

ドスの効いた声。捲れたシャツから覗く背中には、明らかにその筋と分かるお絵描きが見えた。

「うるさい！　このプリン泥棒！」

女の子は荒々しく振り払おうとする男の足から意地でも手を離さず、床を引き摺られている。

まずい。このままではあの子が危ない――俺は、彼女に駆け寄ろうとする。

次の瞬間。苛立った男が拳を振り上げた。その光景が、まるでスローモーションのように目の前で再生される。

女の子が体勢を立て直そうとするが、逆にバランスを崩して床に崩れ落ちる。

横向きになり目を開いた女の子と俺の視線が、重なった。

なぜだろうか。俺はその女の子の顔に、表情に、瞳に――まるで時間が止まってしまったかのように釘付けになった。

ミディアムの黒い前髪が乱れる隙間から、一点の曇りもない凜とした瞳が、俺の心を撃ち抜いてくる。

そしてふと、ピントがズレる。彼女の視線は俺の足元へと下がっていく。

夢中になって彼女のもとへと駆け寄ろうとしていた俺は、数メートル先へともがくように足を伸ばす。しかし、彼女の凜とした声が再び俺の鼓膜を揺らした。

「危ない！」

そうだ。すぐに止めないと――そう歯を食いしばったのとほぼ同時に、俺の視界は百八十度回転して、後頭部に鈍い衝撃が走った。

背中の鈍痛、くらくらする頭。気づけば俺は、天井の照明に目を細めていた。

「痛って……何だこれ？」

顔を顰めながら靴の裏を確認する。すり減ってグリップの効かなくなった底に、ツルツルとした液体が付着している。甘い匂い。ほんのりと苺の香り。

床に横たわったまま視線を上げると、目の前には形の崩れたプリンと、空になった容器が落ちており、床を汚していた。

うっすらと開けた瞼の隙間から、俺の方を見つめ、拳を振り上げたまま驚愕の表情で固まっている男の姿が目に映る。

そしてその一瞬の隙を見計らって、病院のスタッフたちが駆け寄り、男を取り押さえる。若い女の子も男の足から引っぺがされて、ようやく騒ぎは収まっていく。

「あんた——大丈夫？」

駆け寄ってきてくれた通院患者らしきおばさんが声を掛けてくる。

「大丈夫です。お構いなく……」

そこでやっと我に返った俺は、手に持っていたスマホがないことに気がつき、慌てて床に落ちているのを拾い上げて耳につけた。

すると、さっきの黒髪の女の子が、俺の方をじっと見つめているのが目に入った。

「もしもし、もしもし！　大丈夫ですか？」

しかし、すぐに耳に届いた通話の音声にはっとする。

「——すいません。お世話になっております、瀬川（せがわ）です。大変失礼いたしました」

電話の向こう側の人物が、安心したように答える。

「あ、お世話になります。わか松（まつ）の広報の連島（つらじま）ですけど……大丈夫ですか？　急に鈍い音がして声が聞こえなくなったので、通話しながら事故にでも遭われたのかと……」

「いえいえ、大丈夫です」

ある意味事故に遭ったようなもんだよな……と先ほど床に打ち付けた頭をさする。

もう一度エントランスの方へ振り返ると、男はどこかへと連行され、すでに女の子の姿もなかった。

それを確認して、俺はスマホを耳に当てながら小走りで病院の外へと出る。

「申し訳ありません。要件の方は、先日のご提案に関してでしょうか」

スマホにまとわり付く甘い苺の匂いが気になりながら、こんなに何度も着信を入れるほどの緊急な要件はただごとではないと、気を引き締めながら尋ねた。

「左様でございます。せっかくお話を進めていただいたウェブ広告の件なのですが……その、見直すことになりまして……」

いやな予感が的中する。俺は息を呑みながら受話器の声に神経を集中した。

「見直す……と言うのは。社内で方針が変わったのでしょうか」

連島さんが、ばつが悪そうに小さくため息をつく。

「つい先程です。社長の方から、インターネットの広告の話を進めていることについて意見がありまして……」

「意見……ですか」

「……そうですね。当社は今まで自社で折り込みチラシを作ったり、コマーシャルを制作してきたのですが……それをわざわざ予算を組んで代理店に頼んでまでお願いすること自体、どうなのか――と。今の時代、ネットの市場は無視できませんと説明したのですが、インターネットの広告とか、動画とか――正直胡散臭いと」

胡散臭い、か。俺はわか松の名物社長の顔を思い浮かべながら、これは骨が折れそうだと気分が重くなった。

「事情は分かりました。しかし、もう一度社長にネットの広告について理解を深めていただく機会を作っていただけませんか。お願いいたします」

　俺は電話の向こうの人物に向かってスマホを耳に当てながら深々と頭を下げる。通話の音声越しに、連島さんは申し訳なさそうに声を潜めながら答えた。

「——本日十五時から、会議があります。そこで十五分ほど時間を貰いますので、社長の前でプレゼンをしていただくことはできますか？」

「今日の……ですか？」

「はい。急で申し訳ありません。しかし、そこで挽回しないとこの話はなくなってしまう可能性が高いです」

　腕時計を見る。既に午前十二時前だ。慌てて胸ポケットから手帳を取り出し、予定を確認する。社内ミーティングをキャンセルして、資料作成を今からチームに頼めばどうにか……この案件だけは取りこぼすわけにはいかない。

「かしこまりました。では、本日の十五時にお伺いさせていただきます」

　電話を切ると同時に、部下の山下(やました)に電話をかける。本当は自分でやりたいが、今はこいつに頼むしかない。

「お疲れっすぅ。どうしましたぁ。俺今食堂で休憩中なんすけど」

　緊張感のない声が聞こえてくる。俺は感情的になるのを抑えて、極力丁寧に要件を伝えた。

「それどころじゃない。緊急案件だ。今すぐ〝わか松食品〟のプレゼン資料の作成に取り掛かってくれ。相手はネットに疎い年寄りだ。時間は十五分。極力専門用語や横文字は使わず、簡潔に。いいな？」

「あれ？　連島部長と話進んでたんじゃないんですか？」

「社長からNGが出た。十五時の会議で改めてプレゼンしなくちゃいけない。これを逃すと、せっかくうちのチームで開拓した案件がパーだ。俺はあと一時間は戻れないから、直接向かう。お前は資料を作って来い」

「マジすか……」

　落胆混じりの声の後に、言葉が途切れる。

「何だ。今から他に予定が入っているのか？　悪いがこっちを優先してくれ」

「そうじゃないんすけど……」

「何だ。はっきり言え」

　歯切れが悪い口調にイライラする。こいつももう入社三年目。新入社員の時から面倒を見ているが、この態度はいまだに変わらない。

「今ちょうど注文したカレーが目の前に来たとこなんすよ。しかもカツ乗っててんすよ。……食べ終わってからでもいいっすか？」

　もはや怒る気力も湧いてこず、頭を抱えながら「じゃあ早く食え。五分で食え。いいか？」と言って電話を切った。

「近年ネットの広告市場は、新聞や雑誌、ラジオはもちろん、テレビの広告費をも上回る規模で成長しています」

「あ~ちょっとちょっと」

広い会議室でスライドを捲りながら説明する俺に、最前列の椅子にどっしりと背中を預けて聞いていた社長が口を挟む。

「はい。何でしょう」

「内容はともかくさあ。こんなちっちゃい字見えないよ。それに、なんか色がごちゃごちゃしてて分かりにくいし」

「申し訳ありません」

隣に立つ山下が、他人事のように飄々とスライドを見つめている。作ったのはお前だろうが。相手は年寄りだと分かっているんだから、文字の大きさなり配色なり気を遣えよ。それに、データが出てくるタイミングにセンスがなさすぎる。

いつもならこんなプレゼンを作ってこようものなら俺が容赦なく手直ししているのだが、とにかく今回は時間がなかった。

「あー、いい。スライドはなしで。もう口頭で説明して。会議の時間押してるからさ」

「申し訳ありません。では、続けさせていただきます。わか松食品さまは百貨店や駅の売店などでお土産用の練り物製品の人気銘柄として古くから親しまれてきましたが、近年の百貨店の不振の影響を受け、連島部長主導でネットの通販市場に進出されていますよね?」

会議室の後ろで、連島部長が頷きながら聞いている。

「これまでわか松といえば、折り込みのチラシや地方局のテレビコマーシャルがお馴染みでしたが……近年は十分な宣伝効果が得られにくくなっております。そこで当社は、リスティング広告と呼ばれる、ネット検索履歴からニーズの高い見込み客に対象を絞って広告を表示する方式を提案いたします」

社長が首を傾げている。山下の作ったプレゼン資料に横文字が多いせいか? あれだけ言ったのに……。

何か言いたげな社長の顔色を窺いながら恐る恐る喋っていると、ついにプレゼンを中断させられた。

「あのさあ。言っている内容がいまいちピンと来ないんだけど……結局どんなコマーシャルを作る気なんだい?」

「そうですね……ネットを利用する方の中から、練り物製品に興味がある層にターゲットを絞り、ページに表示するバナー広告や動画広告で販促を行っていくつもりです」

「それはさあ。うちで作っていたコマーシャルを、テレビじゃなくてインターネットで流すってこと?」

「そうではなく、ネットを利用する比較的若い層に合わせた広告を……」

俺がそう答えると、社長の顔色が変わった。

「えーと、君。うちのテレビコマーシャル、見たことある？」

「はい。拝見しております」

「古澤先生の歌。いいだろう。創業した当時から、当時駆け出しだった彼にずっとコマーシャルで歌ってもらってきたんだ。あれから彼も売れっ子になり、当社も大きくなった。かれこれ五十年以上の、長い付き合いがあるんだよ」

「……はい」

古澤まさのり。確か、四十年ほど前に演歌でヒット曲を出したとか。

長年親しまれてきた従来のコマーシャルは、古くからテレビを見てきた地元の人間には馴染みがあるのは確かに分かる。しかし……全国の、それもネットを使う古澤まさのりを知らない若い層に引きがあるとはとても思えない。

「君の言うプランは、彼との契約を切るってことだろう？　違うのか」

「それは……」

「そうなんだろ。じゃあ、話にならんね」

社長が立ち上がり、プレゼンを切り上げようとする。常務や専務も同調し、揃ってぞろぞろと会議室を出ていく。

「ですが、社長……」

連島部長が去っていく社長を追いかけながら、俺たちに申し訳なさそうに会釈をした。

「で、どうだった？」

デスクに片肘をついた部長が、顎をさすりながら、口元を緩ませる。苦々しい顔で頭を垂れている俺は、悔しさを押し殺しつつ言葉を振り絞った。

「プレゼンは不調でした。しかし、それも想定範囲内です。社長の信頼を得るのは簡単ではないことは分かっています」

「信頼……ねえ」

首を捻りながら部長が聞き返す。

「何がいけなかったと思う？」

「……そうですね。私の提案内容は間違いないと思うのですが」

そう言って、唇を噛み締める。データを駆使して、わか松にとって最適な提案をしたつもりだ。しかし、社長は耳を貸さなかった。

「あの社長。理屈じゃ動かないよ」

部長が俺の顔を見つめながら、諭すように切り出す。

「君の欠点を教えてあげようか。人間味がないんだよ。分析ができて、企画書が書けるのは才能だよ。でもね。それだけじゃ不十分なんだ。数字じゃ動かない人間もいる。企業のトップなんてまさしくそうだね」

「人間味……ですか」

部長が椅子から立ち上がり、俺の両肩を揉み込む。

「営業の仕事はね。相手を騙して取って喰うことじゃない。仲間を作るってことだ。信頼できる、仕事のパートナーをね」

俺が不安げな顔をしていると、部長が微笑みながら肩を組んできた。

「簡単じゃない。そう。だからこそ、この壁を乗り越えた時に、君の未来が見えてくる。今まで足を棒にして実績を積んできたんだろ？　この山を越えりゃ、営業局長の椅子だって射程圏内だ。君には期待してるんだから、ここが踏ん張りどころだぞ」

「……未来、か」

頭を下げたまま俺は、誰にも聞こえない声で呟いた。

結局昼飯を食べる間もなく電話でのクライアントとの打ち合わせ、会議を二件こなし、企画書のラフ案を練っているうちに終電は過ぎ、オフィスを出てからタクシーを捕まえた。

夜の明治通りを進みながら、人通りの少ない並木道を窓からぼんやりと眺めていた。

〝持って一年ですかね〟

診察室で聞いた、医者の淡々とした言葉が脳裏に蘇ってくる。

俺があと一年で……この世からいなくなる？　そんな馬鹿な。

今抱えている案件はどうなる？　苦労してやっと開拓したクライアントや、先輩から引き継いだ案件だってある。コンペだって準備しなきゃいけない。

何より、わか松食品。ここを開ければ、間違いなく大型プロジェクトになる。一度は軌道に乗ったんだ。逃すわけにはいかない。

唇を噛みながら、キリキリと痛む胃を覆うようにそっと掌を置く。

他に誰ができる？　俺しかいない。立ち止まっている暇はないんだ。

念願だった広告代理店に内定を貰い、俺は生活の全てを仕事に捧げてきた。一年目から寝る間も惜しんでミッションに取り組み、地道に結果を残して二年目には同期に先駆けてマネージャに昇進。大きな売り上げを残しているチームに異動になった。それからというもの、毎日先輩に詰められながらパワポで資料を作り続け、目の回るような日々を地道に積み重ねてきた。

先週、営業局長のポストがひとつ空くという噂を聞いた。俺はここ数年、その椅子に座ることをずっと目標にしてきた。

あと少し。もう手の届く位置にいる。わか松食品さえモノにすれば、実績は頭ひとつ抜ける。もう間違いないはずだ。

十一畳のワンルームマンションの玄関に辿り着いた頃には、コーヒー、煙草、エナジードリンクで無理やり覚醒させていた俺の脳は限界を迎えていた。

スーツの上着をハンガーに掛け、ネクタイと腕時計を外す。いつもなら帰ってすぐにコンビニに寄って買ってきた夕食を食べるのだが、ここ最近は胃の不調からか、食欲が湧いてこない。冷蔵庫に入っているペットボトルのお茶を喉に流し込み、シャワーを浴びて濡れ髪のままベッドの方へ向かった。

ベッド脇に座ったまま手帳を開き、明日の予定を確認する。

朝礼、社内ミーティングの後に、クライアントのＥＪＴ……東日本トラベルとのミーティングが入っている。

わけあって、ここの担当者と顔を合わせるのは非常に気まずい。正直この案件だけは、今すぐに誰かに引き継いでもらいたいぐらいだが、そういうわけにはいかないか……。

そんなことを考えていると、再び胃がズキズキと痛み始める。結局病院で胃薬の処方箋は貰ったものの、調剤薬局が混み合っていて処方を待つ時間はなく、事前に買っていた市販の胃薬を水で流し込んで、部屋の灯りを消す。

ベッドの中で目を瞑る。しかし、疲れているのになかなか寝付けない。

枕に額を擦り付けながら、歯を食いしばる。できることなら、感情の赴くままに泣き叫びたい。

この肉体が滅びるということへの恐怖。不安。そして……どうして俺がこんな目に遭わなければいけないんだ、という怒り。

俺は孤独だった。ワンルームの部屋の中で、誰にも知られず。この苦しみを理解してもらえることもなく、消えていく。そんな運命に抗うこともできず、ただただ苦しみに耐えることしかできない日々が続いていくという絶望。

この人生の中で、幸せと思える時間はあった。でも、今は独りぼっちだ。

頭の片隅で、かつて隣にいた存在を思い浮かべる。しかし、虚しくなってすぐに掻き消す。

全ては己の身勝手さが招いたことだ。病気になり、こうして孤独を味わうのも、その報いなのかもしれない。

数々の後悔と自戒の記憶を辿りながら、結局ろくに寝付くこともできず。気づけば朝を迎え、カーテンの隙間から光が差し込み、部屋にぼんやりと明かりが広がっていく。俺は力なく寝返りを打ち、鳴る予定だったスマホのアラームを解除する。顔を洗って意識を覚醒させ、スーツに身を包む。

また一日が始まる。昨日の疲れが蓄積されたままの体に鞭を打ち、革靴を履いてマンションを後にした。

✧

「お久しぶりでございます。せ・が・わ・マネージャ」

東日本トラベルのミーティングルームで、背の高いボーイッシュなショートヘアの若い女性が笑顔を作る。

「……敬語はやめろよ。気持ち悪い。拓海でいいよ」

「あら。クライアントの担当者に向かってその態度はないんじゃない？」

彼女が不満げに口を尖らせる。

「ていうか、ニコ……まだいたんだな。とっくに寿退社したのかと思ってた」

「まさか。あなたと付き合ってた時にも言ってたじゃん。私は籍を入れようが子供を産もうが一生働き続けるつもりだって」

クライアントである東日本トラベルの広報――丸山二胡（まるやまにこ）、二十七歳。高校時代の後輩で、サッカー部のマネージャーだった彼女とは、大学に入ってから集まったサッカー部の同窓会を切っ掛けに付き合い始め、五年間の交際の末、別れた。

しかしこれも意地の悪い神様の悪戯か。それから二年を経て広告代理店とクライアントとして、再びこのミーティングルームで苗字の変わったニコと再会することとなった。

「で、どうなんだ。新婚生活ってやつは」

聞きたくないような気もするが、そこに触れないのもどうかと思って切り出す。

「どうもこうもないよ。いやー、ホント。大変なんだから」

むくれた顔をして頬杖をついたニコは、過干渉な相手の親に対する愚痴をつらつらと吐き出し始めた。

「週末になるとわざわざウチまでご飯作りに来るんだよ。気まずいったらないんだから。でも旦那は私の味方してくれて、もう来なくていいって説得してくれてるんだけど」

ニコの旦那は、役所勤めの公務員らしい。毎日定時になると真っ直ぐに帰ってきて、週末やニコの仕事が遅くなる時は夕食の支度もしてくれる。部屋の掃除は彼によって隅々まで行き届き、水回りも清潔に保たれている。彼のおかげで、ニコは仕事に打ち込むことができる。

俺に——同じことができただろうか。

仕事が第一だった俺は、就職して以来ニコとすれ違う日々が続いた。ニコは俺との結婚を遠回しに何度も促してきたが、そのたびに俺は話を逸らしてきた。

今はそのタイミングじゃない。俺の言い訳はいつもそうだった。しかしその言葉を繰り返すうちに、ついにその機会は二度と巡ってくることはなくなってしまった。

「なあ、ニコ……」

「……何？」

「いや、なんでもない」

お前今、幸せか？　そう聞こうとした俺は、いまだに吹っ切れていないことを痛感する。もしも俺がニコと結婚していたら。別れた後になって、何度も後悔しながら酒でごまかしてきた。

「仕事の話をしようか」

そう言ってノートパソコンを開き、キーボードを叩き始めた俺を、ニコは心配そうに見つめていた。

「あ、もちろん。ご一緒させていただきます。はい。はい」

家のトイレの中で通話を終えた俺は、唇を震わせながら血で染まった便器の中を見つめていた。

明日は土曜日。たった今、若松社長との接待ゴルフが入った。連島部長が頑張ってくれたみたいで、もう一度交渉するチャンスをもらえるらしい。

しかし、今俺の体調は最悪だ。午後からめまいと吐き気がひどくなり、打ち合わせをキャンセルして早退した。

明日までにどうにか持ち直せるか。途中で倒れたり離脱するなど、社長の前で失態は許されない。

今からでも開いている病院を探して、処置をしてもらうか。

ふらつきながら崩れるようにベッドに倒れ込み、スマホを操作する。渋谷近辺に夜間診療をしている内科はある、が……二十二時までか。時計を見ると、すでに日付を跨いでいる。流石にこの時間にやっているところはない。

藁にも縋るような気持ちで買い置いていた市販の胃薬を水で流し込み、再び横になる。

社長との約束は、午前十時。準備時間を考慮すれば、八時までは寝られる。それまでに少しでも睡眠を取って、体力を回復させなければ。

わか松のプロジェクトの成否は、俺に掛かっている。俺がここで倒れたら、商談はどうなる。チームの為、会社の為。この体が病に蝕まれようとも、やり遂げなければ。そのプライドと責任感だけが、俺の体を突き動かしている。

強い想いとは裏腹に、ベッドの中で俺はもがいた。胸が苦しい。寒気がする。全身に脂汗を掻き、荒い呼吸を繰り返す。

薄れゆく意識の中、苦痛の海に投げ出され、溺れそうになりながら。俺は眠りへと落ちて行った。

翌朝。目を覚ました時には、時刻は既に正午を回っていた。


「いや〜マジで楽しかったっすよ。社長と友達になって、ライン交換しちゃいました」

月曜日。出社すると、わか松食品との商談が成立していた。

立役者は、俺の代わりに急遽接待ゴルフに駆り出された山下だった。

「ゴルフとか全然やったことなかったんすけど、社長が手取り足取り教えてくれて。その教え方が、ここでバーンとか、ガッと来てバシッと打てとかマジ適当なんすけど、不思議とうまくなっちゃって。今からプロ目指しちゃおっかなーなんて言ったら、ガハハハってめっちゃ笑うんすよ」

山下が見せてきたスマホには、俺には見せたことのない笑顔で山下と肩を組む社長の姿が映っていた。

俺は複雑な気持ちで、大型プロジェクトをまとめ、デスクで意気が上がるチームの面々を見つめていた。

「瀬川君。ちょっと話がある」

俺の肩を叩いたのは、部長だった。促されるまま喫煙室へと連れられ、すぐさま部長の煙草に火を点けた。

「悪いね。だが、今から話すのは君にとって気持ちのいい内容じゃない」

鼻の穴と分厚い唇の隙間からもくもくと煙を吐きながら、いつも笑顔の部長が顔を顰めた。

「若松社長から直々に、プロジェクトの責任者を山下に、とのご指名があった。悪いが、君には担当を外れてもらう」

単刀直入だった。俺は医者に余命を告げられた瞬間よりも——強い衝撃を受けた。

俺の未来が、音もなく消えていくような気がした。今まで俺を支えていた、使命感。生きがい。全てが、砂のようにさらさらと。

「山下は君が育ててきた部下だ。君の手柄のようなものなんだから、あまり気に病むんじゃないぞ」

部長の気遣うような優しい口調は、今の俺の耳には全く届かなかった。

「はい、分かっています」

そう言って一礼をした俺は、部長の一服が終わる前に喫煙室を後にした。

営業のデスクに戻る前に、俺はトイレの個室に駆け込んだ。胃のむかつきが治まらず、便器に向かってえずくように咳をしたが、何も出てこなかった。

やっと呼吸が落ち着き、個室から出ようと腰を上げたとき。何人かの集団がぞろぞろとトイレに入ってきた。声と話の内容から、俺が率いていた営業部のチームの連中だと分かった。

「瀬川マネージャ、わか松の担当外されたらしいじゃん。俺、心の中でガッツポーズしちゃった」

「だよなー。あの人が次期営業局長って噂もあったけど……正直ないわーって思ってたもん」

俺は息を潜めながら、否応なく聞こえてくる会話を受け止めていた。

こうして耳にするまでもなく……俺がチームの連中によく思われていないってことぐらい知っている。俺は部下を厳しく指導してきた。それで嫌われることくらい、何も思うことはない。

しかし、まだまだ陰口は止まらない。

「このままマネージャも山下さんになってくんないかなー。あの人ノリいいし、面白いし。誰かさんみたいに時代遅れのサビ残、完徹、休日の接待とか強要してこないし」

俺は唇を噛んだ。強要した覚えなんかない。しかし——その空気を作っていたのは事実だ。

「あの人、頭いいし仕事できるのは分かるんだけどさ。成果とか結果最優先すぎて、人の気持ちが分かっていないというか。人の上に立つ器じゃないんだよね」

「そうそう。どれだけ優秀でもさ、そんな上司について行きたいって思わないよなー」

それを聞いて、俺は力なく項垂れた。それまで精一杯張り詰めていた糸が、ぷっつりと切れてしまったのを感じた。

俺よりも――求められているのは山下みたいなやつなのか。

営業局長は、社員の推薦で決められる。上司だけではなく、部下からの評価が問われる。分かっていた。俺には人の懐に入り込み、足場を固めていく力があるわけではない。上に上り詰めていくには、結果を出すだけではなく、そうした行動力が必要だってことも。

「人間力――か」

奴らがトイレから去っていき、静かになった。俺はゆっくりと個室から出て、鏡で自分の姿を確認した。

顔はやつれ、目には力がない。

もっと早く気づくべきだった。ここに、俺がいなければ回らない仕事はない。代わりはいる。いや、むしろ俺じゃない方がいい。

営業局長のポストだって――もう望むべくもない。

そう悟ったとき、俺ははっきりと人生の終わりを意識した。一年とは言わない。いますぐに消えていなくなったって、誰も困ることはないのだ――と。

それから俺は屍のように黙々と業務をこなし、陽が暮れる前に退社した。いつも終電まで残っている俺が真っ先に帰るのを見て、皆目を丸くしていた。

足は調剤薬局へと向いた。まだ開いているはずだ。とりあえず、少しでも楽になりたい。

今はそのことしか考えられなかった。

渋谷駅から電車を乗り継ぎ、病院に着いた。調剤薬局の営業時間にはギリギリ間に合ったみたいで、無駄足にならなかったことに安堵する。自動ドアを潜り、受付で前回処方箋を渡したものの、時間がなくて薬の処方を受けられなかった旨を告げる。待合室は混み合っていて、俺はかろうじて空いている端の席を見つけ、腰を下ろした。

これからどうしようか――。

待合室のテレビでは、メジャーリーグのニュースが流れている。高校時代から注目され、鳴り物入りで飛び込んだプロの舞台でも期待通りの活躍をし――ついにこの春、海を渡った日本人選手の活躍する姿が映されていた。

俺も――あんな風に生きていると思っていた。

学生時代から、少なからぬ期待を背負って生きてきた。

頭が良くて、真面目で、堅実で、優秀で――。

周囲からの目は、俺の重圧になると共に、目標を達成するという力になった。どんな時も自分を信じ、努力を重ねた。第一志望の大学には現役合格し、念願だった広告業界の大手企業への内定を勝ち取った。

就職してからも、順調にステップを踏んでいた。過酷な競争に次々と同期がリタイアしていく中、俺は歯を食いしばって踏みとどまり、上を見上げて進み続けていた。

しかし――どうだ。俺を待っていたのは、二十八歳での余命宣告だ。

その現実は、あっけないほど冷徹に、俺が積み上げてきた全てを否定した。努力が足りなかったのなら、自分を責めることができる。後悔だってできる。それはこれから巻き返すための力になるのだから。

でもそうじゃない。俺は治ることのない病気という運命によって、打席に立つという資格すら失った。

テレビの中で、「長年の夢だった」というメジャーリーグのユニフォームを身に纏いながら、「自分の力を試したい」と目を輝かせるプロ野球選手の姿が流れている。

唇を噛む。悔しくて、胸が張り裂けそうになる。

もう俺は、あんな風に生きることはできない。病気によって奪われたものは、返ってこない。

無力感が体を支配する。——俺は何をしているんだろう。

そうだ。楽になりたい。そのために、ここに薬を貰いに来ている。

——でもそれから、俺はどうすればいいんだろう。

空っぽになった心の中で、乾いた声が虚しく反響する。その答えを考える気力も湧いてこず、テレビという別世界の中——バットを構え、フラッシュを浴びる凜々しい背中を見つめる。

「瀬川さん」

ふと、受付から俺の名を呼ぶ声が聞こえた。

こんなに混み合っているのに……もう順番が回ってきたのか？　と思い、慌てて腰を浮かせる。

受付に歩み寄り、椅子に座ろうとした瞬間。真っ白なワンピース姿の若い女の子が行手に現れ、俺よりも先にちょこんと腰を下ろした。

「え？」

思わず間抜けな声が出る。俺が視線を落とすと、前髪が目にかかるくらいの黒髪を靡かせ、まじまじと俺を上目遣いに見つめる二つの瞳と視線が重なった。

「すいません！　お呼びしたのは……葵さん。瀬川葵さんです。失礼しました」

受付の薬剤師さんが申し訳なさそうに頭を下げる。

なんだ。たまたま苗字が同じだったのか。勘違いしてしまった。気まずい感じで待合席に戻った俺は、薬の説明を受ける華奢な背中を見つめていた。

それにしてもあの子、どこかで会ったような。そうだ確かあの時の――。

脳裏に、威勢のいい声が再生される。現行犯！　そう叫んでいた、あの時の光景とともに。

やがて女の子が薬を受け取り、席を立つ。そのまま自動ドアで外へと出ていくと思いきや、くるりと向き直り、ずかずかと待合席へと歩いてきて、空いている俺の隣に腰を下ろした。

「あなた……苺プリンの汁ですっ転んでたリーマンの方ですよね」

「……そうだが」

　覚えていたんかい。ていうか、冷静になって思い返してみれば、その光景はかなり恥ずかしいな。

「いや、二次災害を引き起こしてしまったみたいで、ちょっと気になってたんですよ。怪我とかなかったんですか？」

　この子、面識ない男によくここまで馴れ馴れしく話しかけられるな。

「いやいや、君の方こそ。随分といかつい男と揉めてたみたいだけど」

　ずっと気になっていた。不思議と心に引っかかっていた、と言ってもいい。自分が苺プリンですっ転んだことが、ではなく。この子の存在が。

「揉めてたって。人聞きの悪い。私は犯人を捕まえようとしただけですよ」

　瀬川葵、と言ったたっけ。偶然にも俺と同じ苗字の女の子が、不満げに頬を膨らませる。

「犯人？　あの男がか？」

「そうです。常習犯です」

　状況から察するに、売店で盗みを繰り返していたのを捕まえようとしたのかと思ったが、そうではなかった。

「あのプリン、検査入院していた時に私が買って楽しみに置いていたものなんです。病室には冷蔵庫がないんで、食堂の共用の冷蔵庫に名前を書いて置いていたんですけど。それをあの男は……」

怒りで目が血走っている。なるほど。勝手に食われていたのを不審に思い、ついに〝現行犯〟で捕まえようとしたってわけか。

「それなら、病院のスタッフに通報すればよかっただろ。何もあんないかついやつを自分で捕まえようとしなくても」

「言いましたよ。何度も。でも何もしてくれませんでした。あのおっさん暴力団とか反社とか噂があったから、変に恨みを買いたくなかったんでしょうね」

瀬川葵は、俺の顔を指差しながら目を釣り上げた。

「お前は、怖くなかったのかよ」

呆れたように尋ねる俺に、瀬川葵は首をぶんぶん振りながら答えた。

「怖いですよ。当たり前でしょう。でもね。あのまま泣き寝入りするなんて絶対に嫌だったし、それならいっそ玉砕覚悟で捕まえてやろうかと」

分からない。苺プリン一つの為に玉砕する女子の気持ちが。

「で、結局どうなったんだよ」

仁義なき苺プリン戦争の顚末。告発者はニヤリと笑った。

「目には目を。トラップを仕掛けておいてあげました」

「トラップ？」

「後日――冷蔵庫に仕掛けておいたんです。苺プリンと見せかけて、ハバネロプリン。パッケージと見た目と匂いは苺に偽装しておいたので、まんまとひっ掛かって悶絶してました」

「お前なあ」

頭を抱える俺に、瀬川葵は勝ち誇ったかのように親指を突き立てる。

「おかげでスッキリしました。スッキリすることは大事ですよ」

歯を見せて笑うその顔に、俺は胸が温かくなるような心地よさと、微かな高揚を覚えた。

こいつ、変なやつだな。でも、不思議と気になる。

「瀬川さん――瀬川拓海さん」

「あ、はい」

今度は確実に俺が呼ばれた。受付に向かい、椅子に腰掛けると、ひと通り薬の説明をしてくれた後に、薬剤師さんが目を細めながら言葉を付け加えた。

「可愛らしい奥様ですね。お二人とも、お大事に」

「え？」

俺がきょとんとしていると、逆に薬剤師さんに不思議な顔をされた。困惑しながら後ろを振り返ると、背後に薬の袋をお腹の位置で抱えた瀬川葵が笑顔を見せながら立っていた。

「行きましょうか。だ・ん・な・さ・ま」

「あ、猫だ」

薬局前の歩道を歩いていると、白い毛並みの猫が縁石の上にちょこんと座り、こちらを見上げている。

　葵は近づいたりせず、その場にしゃがみ込み、「おいで」と優しく声をかけた。

　すると、猫はおずおずと葵のもとへ歩いてきて、ぴんと髭を立てながら葵の顔を見上げる。葵が人差し指を差し出して猫の鼻のあたりに近づけると、ぱっちりとした目でこちらを見つめながら匂いを嗅いだり、口を寄せたり。

「可愛い……」

　葵が幸せそうな顔をして微笑む。

「猫、好きなんだな」

　俺が同じように近づいて猫の頭を撫でようと手を出すと、警戒したのか、途端にくるりと踵を返し、走り去っていってしまった。

「ダメですよ。こっちが可愛がろうとするんじゃなくて。向こうに興味を持ってもらわないと」

「……そっか。随分と猫に慣れてるんだな」

「子供の頃、近所にいたんですよ。それ以来猫が大好きで、今でもこうして出会うと遊びたくなっちゃうんです」

　そう言われると、見た目といい、性格といい、雰囲気といい……葵はどことなく猫っぽい気がする。

「もう夕方か……飯でも食いに行くか？」

再び歩道を歩き始めた俺は、自然とそう切り出していた。

「いいですね！　ちょうどお腹が空いていたんです」

「何が食べたい？」

「つるんとしたものがいいです」

「……それ、うどん以外に何かあるのか？」

病院の近くには、ちょうどうどん屋があった。もうすぐ夕飯どきだが、幸い混んでいる様子もなく、暖簾をくぐるとすぐにテーブル席に案内された。

「ご注文は後ほどでよろしいですか」

「山菜と梅おろしのうどんで」

「……あ、じゃあ俺も同じやつで」

店員が端末を入力し、背中を向けて去っていく。目の前でおしぼりの封を開けた瀬川葵は、ぽんぽんと揉み込むように手を拭き始めた。

「ここ、よく来るのか？」

「いいえ。初めてです。どうしてですか？」

「注文決めるの早えし。慣れてるのかなと思って」

机の上を見ると、メインのメニューとは別に、「期間限定！　瓦そば始めました」とラミネートされた紙が置いてある。こっちも食べたかったな……と少しだけ惜しむ気持ちが湧いてくる。

「一旦悩み始めると、迷いに迷って全然決まらなくなっちゃう性格なんです。それならと思って、メニュー表を開いて目に入ったものを頼むようにしてます」

「もし苦手なメニューだったらどうするんだよ」

「食べますよ。私は一度やると決めたことは意地でもやり通しますから」

謎のこだわりかと思いきや、その心がけは立派だ。

「お待たせいたしました」

店員が二人分の山菜と梅おろしのうどんを運んできて、テーブルに並べた。早っ。ていうか全然待ってねえし。

「ご注文の品は以上でしょうか。ごゆっくりどうぞ」

よく見るとメニューにどんなご注文でも一分以内にお作りします、という文字が書かれている。

「うまそうだな。いただきます」

麺を箸ですくい上げ、ずるる、と一気にすすり込む。

うまい。出汁が効いていて、麺もコシがある。

うんうんと頷きながら二口目を箸ですくっていると、葵は困った顔をして割り箸を構えたまま固まっていた。

「どうした。食べないのか？」

葵は悲しげに箸の先で具をつんつんと突く。

「苦手なんです。山菜も。梅も」

「言わんこっちゃないな！　初めから素うどん頼めよ」

「食べますよ。私は一度やると決めたら――」

「分かったから」

彼女はメニューの画像よりも盛り盛りに乗せられた山菜を箸で持ち上げ、険しい表情で口に運んだ。

唇が震え、目にはみるみる涙が滲む。ゆっくりと咀嚼しながら、ふうふうと荒く呼吸を繰り返し、額の汗を拭い、深呼吸をして、ようやくごくりと飲み込む。

「おい……」

「えぐっ……なんですか」

「見てられん。いいから俺によこせ」

彼女の丼を引き寄せ、ひょいひょいと山菜と梅おろしを自分の丼に移していく。

「これでいいか？　腹減ってんだろ。ゆっくり食べな」

彼女はホッとしたように息を吐き、俺をじろりと上目遣いで見つめながら呟いた。

「あーあ。食べたかったのに……」

「嘘をつけ」

それでもようやく彼女は麺に箸をつけ、つるつると口に運び始める。それからしばらく二人とも無心になってうどんを啜り続け、ちょうど同じタイミングでふうと一息ついて、箸を置く。

　やがて、満足げな表情を浮かべながら葵が切り出した。

「私たち、完全に夫婦だと思われてましたね」

「ああ……そうだな」

　さっきの調剤薬局での話か。まあ、確かに一緒にいて苗字が同じならそう勘違いされても仕方ない。

「ちなみに奥さんはいらっしゃるんですか？」

「いや、いないけど」

「結婚とか……興味はないんですか？」

　俺は思わずニコの顔を思い浮かべる。

「興味というより……縁がなかった感じかな」

　葵は不思議そうな顔をしながら、おしぼりで小ぶりな唇を拭う。

「縁がなかったって。今後もするつもりはないんですか？」

　ない……というより。もう俺にそんな時間は残されていないんだけどな、と腹の中で虚しく呟く。

「……そんな感じかな。お前はどうなんだ」

　葵は小鼻を膨らませ、おしぼりを力強く握りしめて力説する。

「私は……興味ありますよ。結婚、ってなんなのか」

　俺は再び箸を手に取り、麺をすすりながら彼女の顔をじろじろと見る。見た目は可愛らしいし、愛嬌もある。歳がいくつなのかは分からないが、言い寄ってくる男は割といそうに見える。

「今付き合っている男はいるのか？」

「いませんよ」

「じゃあ、今まで男と付き合ったりした時に、そういう話はなかったのか？」

　俺の質問に、葵は真顔で指でバツを作った。

「私、つい先週まで結婚というものに全く興味がなかったんです。男の人と付き合ったこともありません」

「へえ……じゃあ、なんで急に？」

　彼女はおしぼりを広げ、テーブルの上でくるくると丸めながら目を輝かせた。

「人生って列車みたいじゃないですか。ときおり選択という名の駅に降り立っては、幾度も乗り換えを繰り返しながら、進んでいくところが」

　乗り換え……か。確かに、受験、進学、就職。ほかにも、環境を変えるという意味では転職や転居などもそれにあたるだろうな、と頷きながら耳を傾ける。

「私、気がついたんです。駅には、今まで自分が乗っていた一人で生きていくという路線のほかに、結婚という名の、パートナーと共に生きていくという路線もあるって。ここで乗り換えれば、景色が変わる。どんな眺めなんだろう。どんな暮らしが待っているんだろうって、わくわくしちゃって。人生は片道切符。どうせ後戻りできないんなら、色んな景色を目に焼き付けておきたいじゃないですか」

景色が一変したという意味では、今の俺がまさしくそうだよな、と思う。言うなれば、出口の見えないトンネルに入ってしまったような、そんな状態だろうか。

「……じゃあ今は、駅のホームで列車を待っているんだな」

俺がそう呟くと、彼女は丼の中に視線を落とし、悲しげに呟いた。

「私……もう次が終電なんですよね」

俺は思わず箸を止め、彼女の瞳をじっくりと捉えた。

「どういうことだ?」

彼女は目の前のうどんから立ち上る湯気を見つめ、笑顔を振りまきながら語り始めた。

「私、子供の頃から風邪一つ引かないのが取り柄だったんです。小学生の時は、真冬でも半袖にスカートで通ってました」

ああ……そういえばクラスに一人はそういうやついたな。

「中学、高校に進んでも、ずっと無遅刻無欠席で。何度かインフルエンザとか大流行したんですが、私はいつもピンピンしてました」

すげえな。丈夫な子供だったんだな、と言いかけたが、彼女の顔が悲しげに移ろうのを見て、口をつぐんだ。

「でも……今思えばそれがいけなかったんですかね。自分は絶対病気にならない。ずっと健康だっていう過信みたいなのがあって。今年に入って身体の調子が悪くなっても、おかしいなとは思ってたんですけど、ホルモンバランスが崩れてるのかな？　くらいに捉えちゃって、病院には全く行こうとしなかったんですよね」

「お前。もしかして……」

俺はもう一度、じっくりと彼女の顔を見つめた。その笑顔はどこか切なそうで、胸が締め付けられるような気持ちになった。

「血尿が出るようになったり。痛みで眠れなくなる日が続いて……。その時点でやっと診察を受けた頃には、もう手遅れでした。入院して色々措置も受けましたが、もう手の施しようがなかったみたいです」

そして彼女は、人差し指をぴんと突き立てて、俺に見せた。

「残り一年。私がこの世界にいることのできる時間です」

なんという運命の悪戯か。目の前に、俺と同じように——余命一年と告げられた人間がいる。

「私、自分が消えていなくなるっていう不安ももちろんあったんですけど、とにかく悔しかったんですよね。十年後、二十年後——まだまだやりたいことはたくさんあったのに。私の運命を、病気によって勝手に決められちゃったみたいで」

「勝手に？」

「はい。だから私、列車を降りたんです。せめて残りの一年。自分がどう生きるかは、自分で決めたいって思ったから」

自分で決める――か。俺もそうだった。目標があって、その為に何をすればいいのか考えて。日々努力を重ねて。

「俺も同じだな――」

思わずそう呟くと、葵が唖然としながら聞き返した。

「同じって。何がですか？」

知らない間に、俺は心が軽くなっていて。背負っていた重い荷物を下ろして、ベンチで腰を落ち着かせて語りかけるみたいに切り出した。

「お前と同じ。俺も、つい先日告げられたんだ。あと一年しか生きられないだろう――って」

「私と同じ……」

「ああ」

しばし無言で見つめ合う。食べかけのうどんは少し冷めてきていて、薄い湯気だけが二人の間に浮かんでいる。

やがて葵は几帳面に丸めていたおしぼりをぐしゃっと握り、神妙な顔つきで切り出した。

「さっき結婚に縁がなくて、今後もするつもりはないって言ってましたけど。それって、病気だからってことですか？」

「……まあ、そういうことだな」

それを聞いて、葵が眼差しを強くする。

「縁がなかった……ってことは。少なくとも興味はあったってことですよね？」

頭に浮かぶ、かつて隣にニコがいたときの記憶。そして彼女と別れてからの孤独な日々――。

「ああ。もしも結婚をしていたらって、考えたことはあるよ」

素直にそう答えると、葵は少し恥ずかしそうに俯きながら、おしぼりをそっとテーブルに置いた。

「私なら……大丈夫じゃないですか？」

「……え？」

「病気だから。余命一年だから。たとえいま良い出会いがあっても相手の未来のことを考えればするべきじゃない。そう考えているんですよね」

そう言って、俺に向かって手を差し出す。

「だったら、私と一緒に始めてみませんか？」

葵は机の上の「期間限定、瓦そば始めました」と書かれたメニューを手に取り、好奇心に満ちた視線を俺に向けた。

「私たち、今ここから――夫婦を始めるんです。二人とも余命一年。互いにやり残した夫婦になるという経験をするために、協力し合うんです。どうですか？」

夫婦？　出会ったばかりの俺たちが――？　一体何を言っているんだ？

俺はありとあらゆる疑問が頭の中でごちゃ混ぜになって、何も言葉にならず——彼女の白くて細い指先を見つめながら、机の上にあるものをそっと手に取り、彼女の手の中に差し込んだ。

「これは……何ですか？」

「おしぼりだ」

彼女はその湿った布を丁寧に広げ、顔を拭き、ふうと息をついた。

「それ、俺が使ったやつだけど。いいのか？」

「気にしません」

「いやいや。しろよ」

俺は、自然と頬が緩んでいるのを感じた。久しぶりだな……この感じ。

彼女と話していると、理由は分からないが……心地よさを感じる。彼女の正直であっけらかんとした振る舞いがそうさせるのかもしれない。

俺はこの感覚を手放したくないと思い始めていた。そして、独りぼっちで孤独に震えながらもがき苦しんでいた昨夜のことを思い出す。

「なんか変ですね。ぜんぜんいい話じゃないというか、むしろ絶望的な話なのに。こうして打ち解け合って、笑い合ってるのって」

「本当だな。何でだろ」

俺はこうして彼女と出会うまで、心が空っぽになっていた。穏やかになれる時間なんて、一瞬たりともなかった。誰も俺の苦しみは理解してくれない。寄り添ってはくれない。そう思っていた。

でも今は違う。弱々しいけれど、明かりが灯っている。火を点けてくれたのは、余命一年と宣告された、自分と同じ境遇に置かれている、見ず知らずの女の子だ。

彼女といれば、そんな日々から救われるのかもしれない。そんな淡い期待に、胸を突き動かされていた。

ふと、店の入り口を見る。いつの間にやら、何組かの客が待っていた。狭い店内の席は埋まり、混雑してきている。

「とりあえず……さっさと食って出るか」

会計は、俺が払った。彼女もがま口の財布を取り出したが、明らかに小銭しか入っていなそうだったので、払わせるわけにはいかなかった。

「ご馳走様です」

店の外に出るなり、彼女が俺にペコリと頭を下げた。

「いいよ。美味しかったな」

また来よう、と言いかけたが、思わず口をつぐんだ。

どちらからともなく並んで歩道を歩き始める。彼女は黙って俺について来ている。

「お前、家はどっち方面?」

タクシーを捕まえて送ろうと、道路側に歩みを進める。

「ありません」

「……なんだって？」

「体調が悪くてバイト休みっぱなしで、収入がなくなり……家賃を滞納して大家さんに追い出されました」

「今はどうやって過ごしているんだ？」

「ネカフェか、公園に野宿です。部屋の荷物はとりあえずレンタル倉庫に預けています」

俺は驚きを隠さず、しょんぼりする彼女の姿をじっと見つめる。

余命宣告を受け、残り少なくなった彼女の人生。一緒に過ごすのが、見ず知らずの俺なんかでいいのだろうか。彼女に対して、そういった一抹の疑念があった。

「お前、家族は……心配しないのか？」

彼女は顔を上げ、遠くを見つめながらぼそっと答える。

「するかもしれませんけど、今はいないので」

「今は？」

「はい。子供の頃からおばあちゃんと一緒に住んでいましたけど、数年前に亡くなってから一人です」

「そうか……」

両親は？　とは軽々しく尋ねる気にはならなかった。あっけらかんとしていた彼女の顔が、寂しげに曇るのを見たからだ。

彼女には、住む家も、身寄りも、心配してくれる家族もいない。

そしてスーツの裾を持ち、縋るような目で俺を見つめる。

「捨て猫を拾ったと思って……」

大きく息を吐く。顔を上げると、ビルの渓谷の奥に、どこまでも続く空と、そこに潜む闇が広がっている。

俺には未来がない。そう思っていた。

でも、そうじゃない。俺は下を向いていただけだ。そう気づかせてくれたのは、彼女に違いない。

「俺の部屋。ペット禁止なんだがなあ……」

彼女の瞳に絶望の色が映る。スーツの裾から手を離し、しゅんとして項垂れる。

俺は考えた。もしも人生に筋書きがあるとしたら。親も。仕事も。余命宣告も。そして、彼女との出逢いも。もしも全てがはじめから決まっていたことで、その通りに俺が歩んでいるとしたら。

ここで彼女と手を取り、過ごしていく人生と。今のまま孤独に病気と共に消えていく人生。どちらの物語がわくわくするだろうか。

俺は調剤薬局のテレビで見た、野球選手の表情を思い出した。

そこには眩いフラッシュライトも、賞賛もないのかもしれない。でも彼女が言うように、自分が進むと決めた道なら、俺は誇りを持って歩んでいけるんじゃないか。

絶望の淵で、止まっていた秒針が動き始める。俺は目の前の彼女に向かって、吹っ切れたように切り出した。

「──でも、妻としてなら。家にいてもいいかもな」

顔を上げた彼女は、一瞬驚いた顔を見せる。そしてそのまま、しばし俺たちは見つめあう。

やがてその言葉の意味を悟った彼女は、俺と同じようにわくわくした顔をして、無邪気に頬を緩ませる。

一つの苗字が結びつけた、二つの儚い人生。絡み合った糸が、二人を同じ方向へと導いていく。

「俺も乗るよ。その列車に」

余命一年と宣告された二人が送る、人生最期の日々。

夫婦とはなんだろう。

その答えを探す日々が──いま、この場所から始まった。

「拓海。今夜お前も顔出せよ」

　会議を終え、ミーティングルームを出たところでクリエイティブ部門に配属された同期が声を掛けてきた。

「スカイエアラインとの飲み会か。俺は遠慮しとくよ」

　クライアントとの飲み会と見せかけた、男女比を揃えた合コン。以前から数合わせに声をかけられていたが、いまだに枠が埋まらないらしい。

「頼むよ。向こうは美人のＣＡを揃えてくれるらしいんだ。部長だって、スカイエアラインとの飲みで今の奥さんゲットしたらしいぞ。お前も良い歳なんだし、これをきっかけに」

「間に合ってるよ」

　思わず口をついて出た。同期が不思議そうな顔をする。

「……間に合ってる？　お前、また彼女でもできたのか？」

「ああ、いや、何でもない」

　首を横に振りながら苦笑いする。自分でも分からない。なぜそう答えたのか。何を取り繕っているのか。

「まあいいや。仕方ない。代わりに山下でも連行するか」

そう。あいつの方がいい。場を盛り上げるには最適だし、俺がいても仕事の話ばかりで白けさせるだけだろう。

同期と軽く話をして別れた後、デスクに行って退社報告をする。

「瀬川くん。最近早いじゃあないか。企画書は書けたのかな？」

部長か。笑顔で肩を叩く割に、話し方に圧を感じる。

「お疲れ様です。段取りがついたので、今日はお先に上がらせてもらおうかと」

部長の顔色が変わる。怪訝そうな顔で頭を掻きながら、俺の顔を覗き込んでくる。

「おいおい。まさか君、モチベーション下がっちゃってるんじゃないの？　ダメだよ、花形の広告営業マンがこの程度でへこたれてちゃあ。切り替えて次行かないと、次」

部長の革靴が既に俺の進路を塞いでいる。そしてお決まりのセリフが放たれた。

「一服しようか。悩みなら聞くぞ。なんでも相談に乗るから。なあ？」

「……はい」


結局部長の長話を聞き続けること二時間。ようやく解放された時には終電ギリギリで、俺はダッシュで電車に駆け込み、マンションまで戻ってきた。

フロントで暗証番号を入力し、エレベーターで六階へ。いつもとは違う。そわそわした気持ちを伴いながら、ゆっくりと上昇していく。

　部屋の前に着くと、ポケットから鍵を取り出し、ドアを開錠する。少し開けたドアの隙間から、灯りが差し込んでくる。そして玄関先には、腕組みをした葵が仁王立ちをして俺を出迎えていた。

「うわ！」

　思わず後ずさりする俺の手元から、葵がニコニコしながら鞄を奪い取った。

「おかえりなさいませ、旦那さま。首をながーくしてお待ちしておりましたよ」

「お前。ずっとそこで待っていたのかよ」

「知らない人の部屋のソファーはどうにも落ち着かなくて」

　背広を脱ぎながら葵の背中を追ってキッチンを通りすぎると、部屋の入り口で足を止めた俺は頭を抱えそうになった。

「おい。これ、落ち着かないんじゃなくて。単純に物理的に居場所がないだけだろ」

　ベッドやダイニングテーブルの隙間を段ボール箱が埋め尽くしていて足の踏み場もない。あれから寝泊まりする場所がないという彼女にとりあえず合鍵を渡していたのだが、どうやらレンタル倉庫に預けていた荷物が届いたらしい。

「……とりあえずシャワー浴びてくる」

　一旦この現実から目を逸らそう。ネクタイを外し、浴室へと足を向けた俺に、背後から葵が腕を掴む。

「ちょっと待ってください」

後ろを振り返る。不満げな顔をした葵が上目遣いで俺を見上げていた。

「ただいま、ってちゃんと言ってください」

そういえば、と俺ははっとする。

「あ、そうだな。……ただいま」

頬を緩めた彼女は、安心したように俺の顔を見つめ、「よろしい」と言って俺の背中をぽんと叩いた。

浴室へ行き、洗濯機の中へ脱いだ服を入れようとすると、彼女が着ていた服と下着が入っていた。一緒に入れることに戸惑いを覚えながら、いつもよりも多めに洗剤を入れて蓋を閉める。

浴室の中に入ると、見慣れないシャンプーとコンディショナー、洗顔ネットが鏡の下に置いてあった。排水溝には、長い髪の毛が少しだけ溜まっている。

シャンプーを泡立てて髪の毛を洗うが、洗い流せない不安が心に張り付いている。俺の部屋なんだけど、俺の部屋じゃなくなったような奇妙な感覚。ニコとは長年付き合い、結婚を意識していたが……実家暮らしの彼女とは、同棲したことはなかった。

つまり、親以外の誰かと同居するのはこれが初めてだ。ましてや、つい先日知り合ったばかりの素性の分からない女の子と一緒に過ごすなんて想像すらしなかった。

浴室から出て服を着て髪を乾かし、ソファーへ行く。葵は、ベッドの上でスマホを持ったまますやすやと寝息を立てていた。

時計を見ると、既に夜中の一時を回っている。冷蔵庫の中に葵の夕飯用に、と買っていたパスタが残っている。食べられなかったのか。それとも、俺を待っていて手をつけなかったのか。キッチンの流しの横に、彼女が使ったであろうコップと、薬の入った袋だけが置いてあった。

彼女のお腹に布団をかけて、その無垢な寝顔を見つめる。

お前も、ここに至るまでずっと大変だったんだろうな。身寄りもなくなり、病気になったせいで思うように仕事もできず。

それなのに、彼女は前向きに生きようとしていた。その姿勢に心を打たれて、俺は彼女に導かれるようにこうして新たな日々を始めている。

浴室から、アラームの音が聞こえた。ハンガーを持って行き、中に洗濯物を干していく。

彼女の下着。勝手に干して怒られるかな。いや、この際仕方ないだろう。

既に眠りへと落ちている彼女に配慮して、独断で次々と服を干していく。ハンガー……足りねえな。

ソファーの近くにあるクローゼットへ行き、普段着に使っている用のハンガーを手に取り、再び浴室へと戻る。全ての洗濯物を干し終えると、浴室乾燥をセットし、歯磨きをしてソファーへと舞い戻る。

荷物で圧迫された部屋の隙間を縫うようにソファーへと体を横たえると、少しだけスマホをいじった後、アラームをセットすることなく、眠気に身を任せてそっと瞼を閉じた。

彼女の安らかな寝息が聞こえる。今までこの部屋に存在しなかった音が、目を閉じても意識をかき混ぜる。

俺は寝返りを打ちながら、ソファーの上で体にブランケットを巻きつける。疲れが眠りへと誘ってくれるまで、悶々とした夜は続いた。

✧₊˚・

「ちょっと動かしますね」

頭が揺れる感覚と、床とソファーの擦れる音。朧げな意識の中で重たい瞼を薄らと開けると、葵がめいっぱい腰を曲げ、俺が寝転んだままのソファーを引きずっていた。

「うー！」

待て。こいつは一体……何をしているんだ？

「おい。フローリングが傷つくからやめろ」

俺が目を覚ましたことに気がついたのか。あまりにも重すぎて動かすのを諦めたのか。ぱっと手を離した葵は、息を切らしながら俺に向かって微笑んだ。

「手伝ってくれるんですか？」

「ああ、大変そうだからな……じゃねえ」

部屋全体を見渡す。状況を認識した俺は、思わず頭を抱えた。

「これ、全部お前の私物か？」

ベッドとソファーの間に捩じ込むように置かれた高い本棚には、ＣＤ、ＤＶＤや小説、文庫版の漫画が所狭しと並べられ、床にはマットレス、衣装ケース、キャリーケース、化粧品などの小物が詰まった収納棚がベッドの際まで浸食してきている。

「そうですよ。まだ置ききれないので、ベッドをギリギリまで窓際に寄せようとしていたところです」

確かに部屋の端には未開封の段ボール箱が数段積まれたままだ。

「あれ？　床に置いていた俺の靴とか、コンポは？」

スリッパを履き、上着のパーカーのフードを頭に被せた葵が、キッチンの方を指さしながら申し訳なさそうに言った。

「……模様替えしちゃいました。こうしないと私のものが入らなかったので」

まさかと思い体を起こしてキッチンの方を覗き込むと、壁際にコンセントの抜かれたコンポと、その上にクリアケースに入った俺のスニーカーのコレクションが雑に積み上げられていた。

「あのなあ。ここは俺の部屋だぞ。ものを勝手に動かすのはどうなんだ？」

俺がきつめに言うと、葵はしゅんとしてその場に立ち尽くしてしまった。

「ごめんなさい。久々にまともな部屋で暮らせるからと、つい調子に乗ってしまって」

俺はため息をつき、諭すように葵に語りかける。

「……それでも、先に俺の許可を取るべきだろ？　お前は居候みたいなもんなんだし」

「居候？」

　葵の顔色が変わり、不満げに頰を膨らませる。

「あの……昨日、約束しましたよね。私たち、夫婦を始めるって」

「ああ、そうだったな」

「だったら、私もこの部屋で暮らす権利を与えられたってことですよね？」

「まあ……確かに住むのは許可したが。好きにしていいとは言っていないぞ」

「だから。それは謝ってるじゃないですか。ここに住まわせて貰っていることには、感謝しています。夫婦だからと言って、当たり前だとは思いません。でも、そんな言い草はないんじゃないですか？」

「家賃を全額払っているのは俺なんだから……間違ってはないだろ」

「確かにそうですけど……居候という表現は、私は一方的に与えられる側であるという押し付けのように思えるんですけど」

「あー、分かった分かった」

　俺はキッチンの上にある棚から養生テープを持ってきて、キッチンを除く部屋の床の真ん中の端から端までベリベリと貼り付けた。

「これは国境線だ。窓際からこのラインまでが、俺の陣地。ここからキッチン側までがお前の陣地。互いの領地には踏み入らないこと。自分の私物を置かないこと。こうすればいちいち部屋の間取りについて相手に許可を取る必要はないし、自分の領地なんだから好きにしろ。これでいいか？」

　そう吐き捨てて養生テープをベッドに放り投げると、眉間に皺を寄せたままの葵が、俺に向かって手を差し出した。

「なんだ？」

「ドラッグストアに行って来ます。お金をください」

「何を買うんだ？　自分のものは自分の金で買えよ」

　お金がないと分かっているのに、寝起きのイライラや仕事の疲れなども手伝って、つい意地の悪い言い方をしてしまった。

　しかし、この言葉が葵の逆鱗に触れてしまったらしい。

「くさい」

「……え？」

　呆気に取られている間に胸ぐらを摑まれた俺は、鬼の形相で睨みつける葵の顔を間近で直視した。

「煙草の臭い。壁にもヤニのシミがついていますし、普段から窓も開けずに吸ってますよね？　今すぐやめてください。私は居候ではないので、口出しする権利はありますよね？　妻として、あなたの健康を害する恐れのある行動を見過ごすわけにはいきません。それに、たとえそうやって私を隔離しても、この部屋の空気は汚染されたままです。この澱んだ空気を浄化する必要があるので、ひとまず換気をして、消臭剤と芳香剤を大量購入してきます。いいですか？」

「いやいや、今はもう吸ってないから」

それでも葵は怪訝そうな目で見つめてくる。俺は建設的な提案をしたつもりだったのだが……結果的に大惨事を招いてしまった。

しかし——夫婦って。一緒に住むって、こんなに面倒臭いものなのか。一人でいた方がよっぽど気楽だったじゃないか。

「もういい。分かったから……とりあえず、飯でも食いに行こう。部屋の模様替えはその後だ」

昨晩から何も食べていないだろうし、腹が減っているからピリピリしてるのかもしれない。

「分かりました。じゃあ、支度します」

そう言って、葵が何かを訴えるかのようにじろじろと俺を見る。着替えたいのかと察した俺は「終わったらノックしろよ」と言ってトイレに避難した。

それから便座に釘付けになること小一時間。ノックの音が聞こえてきて、やっと俺は小さな監獄から解放された。

「ごめんなさい。長くなっちゃって」

外に出ると、ブラウスにスカート姿の葵が立っていた。

葵の表情は普段通りに戻っており、機嫌が直ったみたいでほっとする。

「お前、化粧してたのか？」

「眉毛抜いていました。化粧はそんなにしませんよ。あとは、服を選んで、靴をどれにしよっかなって」

遅い。遅すぎる。女はみんなこうなのか？　かつてニコも、いつもこんなに時間を掛けて準備して待ち合わせ場所に来てたのだろうか。

「もう十二時だ。飯時になると混み合う。早く行くぞ」

ポケットに長財布だけを突っ込んだ俺は、葵を連れてエレベーターでマンションのエントランスまで降りる。そして近くの月極駐車場まで歩いて、愛車のロックを解除した。

「車持ってたんですね」

「ああ。俺の一番の趣味だな」

青いＢＭＷのロードスターが俺を出迎える。助手席に乗り込んだ葵が、物珍しそうに車内をきょろきょろと見回す。

「後部座席、ないんですね」

「ツーシーターだからな」

エンジンボタンを押すと、重厚なエンジン音が辺りに鳴り響き、座席を震わせる。久しぶりに乗るな。やっぱりこの音はいい。

「へー。この絵が描いてあるボタンはなんですか？」

「おいやめろ。勝手に触るな」

　葵がシフトレバー付近にあるボタンをカチャカチャさせると、ルーフがあっという間に収納され、運転席が周囲から丸見えになった。

「あ」

「何やってんだ。元に戻すぞ」

「いいじゃないですか。天気も良いですし、このまま行きましょうよ」

　渋々そのまま発進する。直接降り注ぐ太陽の光に目を細めながら徐々にスピードを上げていくと、やや肌寒い風が当たり、シャツをはためかせる。

　助手席に座る葵が、無邪気に笑っている。そういえば、ここに人を乗せるのは……ニコ以来だな。

　俺の隣は、あいつの指定席だった。俺が退屈しないようにずっと隣で話を振り続けたりと気遣いができるやつで、遠出するときは絶対に運転していない自分が交通費を払うと言って聞かなかった。

　今思い返しても、あいつの人を立てて敬意を払えるところとか、懐の深さに、頭が下がる思いがする。そんなことを考えながらハンドルを握っていると、葵が俺の顔をじろじろ見ていることに気づいてぎょっとした。

「……そういえば、疑問なんですけど」

「どうした？」

「仕事では使わないんですか、この車」

……なんだ。そんな質問かとほっと胸を撫で下ろす。

「営業マンは基本的に電車かタクシー移動だからな。それに、呑みに行くことも多いから車は邪魔になる」

「なんか勿体無いですね」

「もともと趣味で乗るって決めてるから別にいい。駐車場代だけで月に四万三千円掛かるのは痛いが……」

「私が前住んでいたアパートの家賃より高いですね」

車は山手通りを進んで行く。都道に入ったあたりで、俺は葵に尋ねた。

「ランチ、何が食べたい？」

「なんでもいいですよ」

「そうだな……イタリアンに行くか？　行きつけがあるんだ」

「それなら、サイゼリヤがいいです」

「え？」

「サイゼリヤに行きましょう」

俺は首を傾げた。形式的ではあるが、夫婦として初めての外出先が、サイゼリヤでいいのか。もちろん俺も学生時代に散々お世話になったから、そこに行くこと自体に抵抗はないが。

信号待ちをしている間にカーナビで付近のサイゼリヤを検索し、コインパーキングに車を停めて徒歩で入店した。やや混み合ってはいたものの、幸い待つことなく座席へと案内された。

席に着くなり、葵はメニューを手にして目を見開いた。

「ランチメニュー。サラダ、スープ付き五百円。ほうれん草のスパゲッティ」

「ほうれん草は食えるのか？」

「食えません」

「じゃあ他のにしろ！」

これから毎度このやりとりを繰り返すことになるかと考えると、実に面倒臭い。

しかし、俺がメニューを決めてから十分以上経っても、葵は悶々とメニューを睨んだまま動かなくなった。

「半熟卵のミラノ風ドリア。まろやかデミグラスソースのハンバーグ。いや、野菜カレーのドリアも捨てがたい……」

痺れを切らした俺は、テーブルのボタンを押して店員さんを呼んだ。

「えっ。まだ注文決まってないんですけど」

「今からオーダー取りに来るまでに決めろ。俺は腹が減ってるんだ！」

ついつい感情的になってしまった。テーブルに来てくれた店員さんが苦笑いを浮かべる。

「俺はランチメニューのミートソースで。こっちはデミグラスハンバーグ。以上で」

「あ！」

店員さんが注文を繰り返し、背中を向けて去っていく。正面に座る葵は、不満げに俺のことを見つめていた。

「本当はタラコとエビのドリアが食べたかったのに……！」

「はいはい」

テーブルのメニュー表を仕舞った俺は、大きく伸びをしながら、話題を逸らそうと葵に問いかけた。

「そういえば。バイト辞めたって言ってたけど。どこで働いてたんだ？」

「メイドカフェです」

「……マジか。意外だな」

「の、厨房ですけどね」

「おい。ウェイトレスじゃないのかよ」

悩ましげにため息をつきながら、葵が口を尖らせる。

「入店当初はそうだったんですよ。でもあまりにもお客さんを怒らせるので、接客する必要のない厨房へ追いやられました」

ああ、なんか分かる気がする。

「どうせ思ったことをストレートに言ったんだろ。人をおだてたりとか、そういうのできそうにないもんな」

「そんなことしませんよ。ただ、脂ぎった中年の常連さんに、その頭の上に載っているのなんですか？　って聞いただけです」

「それはアウトだろ」

こいつは、良くも悪くも表裏がない。自分に正直で、信じたことはとことん貫き通す。この数日間で得た印象はそんな感じだ。

「ちなみに、厨房ではどうだったんだ」

葵は困ったように眉を顰めて、ゆっくりと俺に語りかける。

「いいですか？　料理は作るものじゃありません。食べるものです。お金さえ払えばすぐに食べられるものを、わざわざ時間をかけて作るなんて、コスパが悪すぎると思うんです」

「……要するに、作れなくてクビになったんだな」

……まあ、人には合う合わないがある。適性がない仕事にあたってしまっただけかもしれない。

「その前は？」

「ガソリンスタンドです。軽油の車にハイオクを注入して廃車にしました」

「その前は？」

「コンビニ店員です。万引きした子供を引っ叩いて説教したら、黒い車に乗ったいかつい男たちがたくさん来て、店長が連れて行かれました」

「その前は……」

「試験監督です。カンニングした学生を見つけて……」

「もういい！　……とにかく、あまり長続きせずに、転々としてたんだな」

葵が珍しく、しおれてしまったようにテーブルに上半身を投げ出しながらぶつぶつとぼやく。

「私、いつもそうなんです。どこへ行っても、いつの間にか居場所がなくなってて。分かってます。こんな性格だから。自分がしたことでそうなるのは仕方がありません。だから、後悔とかしたことはないですよ」

今後のために少しは後悔をした方がいいような気がするが。落ち込んでいるっぽいので、余計なことは言わないことにした。

「あなたはどう思いますか？」

テーブルに備え付けられている紙ナプキンをくるくると丸めながら、葵が俺に尋ねた。

「どう思うって？」

「私のこと。妻として」

そうか。俺たちは夫婦……という設定だった。

水の入ったグラスの氷をカラカラと回しながら、どう答えようか頭を巡らせる。

「現時点では、まだ分からないな。これからじゃないか。互いの妻として、夫として……相応しいかどうか判断するのは」

それを聞いた葵は、ますます虚な目をして力なく呟いた。

「私たちが結んだ夫婦という関係は、今まで散々追いやられ、転々としてきた私にとっての最後の居場所なんです。あなたの妻でいるということは、最後の望みです。だから……」

「だから？」

葵がテーブルに両手をつき、ぺこりと頭を垂れた。

「ごめんなさい」

素直な響きだった。だが、俺は首を傾げた。

「……なんの？」

「一年分です」

顔を上げた葵は、すっきりしていた。すっきりすることが大事です、と以前語っていた時と同じように、つきものが落ちたように。

「これからたくさん、毎日数えきれないほど粗相をするでしょう。だから、あらかじめ謝っておきます」

「へえ」

じゃあ、と俺は空気を吸った。この場に流れる不穏な空気を律し、こいつのペースに乗ってなるものかという意地を込めて。

「デコピンしてもいいか？　あらかじめ。一年分前借りで」

　葵が困った顔をして、首をふるふると横に動かす。その代わりに、わざとらしい笑顔を塗り固めて、おもむろに右手を差し出した。

「握手しましょう。和解の印です」

「……これも前借りか？」

「そうです。揉めた時のために。あらかじめ和解しておきましょう」

　俺は目の前に差し出された白くて細い指先を見つめながら、口を結んだまま腕組みをした。

「つまりお前は……今後何があろうと、自分の非を認めることや、行動を正すことはしないということだな？」

　今度はきょとんとした顔をしながらふうと薄く息を吐いて、「なぜ？」という感じで両掌を上に向けて肩をすくめた。

「認めたじゃないですか、いま」

「待て。そういうことじゃないだろ」

　話が噛み合わなくなってきた。いや、むしろ初めからお互いの価値観は全く一致していなかったのかもしれない。

「そういうことですよ。人間の性格って、そう簡単に変わるものじゃありません。むしろ変わらないものだと覚悟しておいた方がいいです。夫婦になってできることは、相手のことを知り、理解し、諦め、我慢し、妥協点を探っていくことじゃないですか？」

なんだこの違和感は。俺の思い描いていた夫婦という像と、目の前に君臨する妻の思想が、あまりに乖離している。じゃあ何で……俺たちは夫婦になり、一緒にいる必要があるんだ?

「一つ、質問してもいいか?」

「どうぞ」

「俺たちが夫婦として一緒にいるメリットはなんだ?」

するとと葵が表情を曇らせる。

「それって、拓海さんにとって私と夫婦になるメリットはあるのかってことですか?」

「そうじゃない」

「やっぱり——私と夫婦になるのは不安ですよね。どこへ行っても馴染めないし、役に立たないし……」

「だから違うって」

だらんとテーブルに上体を投げ出し、顎を乗っけて悲しげに卓上の調味料を見つめる葵。

「私だって、何もしない女じゃないんですよ。何かをすると、何かが起こってしまうから、何もしない方がいい女なんです。それは自分でも分かっています」

話を聞く限り、葵も苦労してきたんだなと思う。

何の努力もしてこなかったわけじゃない。むしろすればするほど、居場所を追われ、生きる場所をなくしていく。だからこそ、自分が変わっていく期待を、相手に抱いて欲しくないのかもしれない。

それを単純に甘えと捉えるべきなのか。迷いながら、俺は口を開いた。

「お前の気持ちも分かるけどな。俺たち、ただ一緒にいれば夫婦になれるのか？　そうじゃないだろ」

「……じゃあ、どうすればいいんですか」

すぐそばから、視線を感じた。若い店員さんがお盆を手に恐る恐る俺たちのことを見ている。

「ご注文の品……お持ちしました。デミグラスハンバーグでございます」

そう言って一礼した店員さんは、さっさと厨房へと去っていった。

「夫婦って、なんだろうな」

葵はフォークとナイフを持ち、熱々のハンバーグを一生懸命にふうふうと冷ましてから、ゆっくりと言葉を刻んだ。

「分からないです。私、両親がいないので。だから、ずっと興味があったんですよね。夫婦っていう、生まれも育ちも違う赤の他人が、一生を一緒に過ごすっていう関係性に。だから、夫婦ってなんなのかって、私の人生の中で最大の謎なんです」

最大の謎――か。

やがて俺の目の前にも注文していたミートソースが運ばれてきた。

手をつける前に、俺は妙なことを口走っていた。

「夫婦っぽいことを――試しにやってみるってのはどうだ？」

きょとんとした顔をした葵が聞き返す。

「どういうことですか？」

俺は咳払いをし、手を伸ばして卓上のフォークを取りながら答えた。

「そうだな……お互いが夫婦と聞いて、連想することとか。夫婦だとしたら、やってみたいことの案を出し合って、実際にやってみるんだ。そうしたら、何か手がかりが摑めるかもしれないし、答えに近づけるんじゃないか？」

「――なるほど」

何気ない提案をしたつもりだったが、葵はすっかりその気になっていた。興奮気味に卓上の紙ナプキンをいくつか抜き取り、枚数を数えて俺の前に置いた。

「おい。まさかこれに書けって言うのか」

葵は俺に上機嫌で笑いかけながら、指を三本立てて俺に見せた。

「お互いに三つずつ、期限は一週間にしましょう。何だかわくわくしてきましたね！」

ナイフで大雑把に切り分けたハンバーグを口に運び、頰を膨らませて咀嚼をする葵。その嬉しそうな表情を見ていると、この列車は……俺たちを乗せた運命という名の最終列車は、既に動き始めているんだなと思った。

ただ一緒にいるわけじゃない。答えを求めて。謎を解くために、俺たちは、仲間になった。

「いただきます」

手を合わせてから、パスタを丸めて口に運ぶ。学生時代から、何度も食べた定番の味。それなのに、彼女と囲んだ通算二度目の食卓は、既に俺の知らない感覚に満ちている。

「どうすっかなー……」

卓上に置かれた真っ白なナプキンを見つめながら。俺は悩ましげに言葉をこぼした。

✧

「その後、お体の具合はいかがですか？」

一週間ぶりに訪れた診察室。以前と変わらない。真っ白な白衣を着た初老の医師。ボードに貼られた、ＣＴスキャンされた俺の胃の断面。仄かに香るアルコールの匂い。

ただ、俺は落ち着いていた。この一週間、散々絶望し、自分の運命を呪った。そのような葛藤は、恐らく終わることはないのだろう。

だが、俺の命の残り時間は、刻一刻と過ぎていく。下を向いてばかりではいけない。

そう思わせてくれたのは、同じように余命宣告をされながら、懸命に生きようとしている葵の存在があったからだ。

「相変わらずです。薬で大分マシにはなりましたが……」

俺が苦笑いすると、先生はじっと俺の表情を観察しながら、カルテを開いた。

「治療方針はお決めになられましたか？」

俺は先生が握っているボールペンの先を見つめながら、強い口調で切り出した。

「抗がん剤は……使いません」

正直、ずっと迷っていた。俺の中にまだこの病巣を薬で攻撃すれば駆逐できる望みが残っているかもしれない、という希望や心残りがあったからだ。

でも俺は自分に言い聞かせた。その望みに縋り、自ら体を蝕みながら少しでも生き長えるのか。それが、本当に俺の人生の最後に相応しい生き方なのか——と。

「賢明な選択だと思います」

抗がん剤は効果が期待できない。そう所見を述べていた先生は、淡々と答えた。

「それで……相談があるのですが。このまま今まで通りの仕事を続けていくことは、果たして正しいことなのでしょうか。以前のように体力もありませんし、体調を悪くして仕事に穴を空けてしまい、迷惑を掛けてしまうのではないかと不安で」

先生は険しい視線を俺に送る。

「職場に病気のことは報告していますか」

「いいえ。していません」

「そうですか。最低限、人事か上司の方には告げておくことをお勧めします。あなたの言う通り、何かあったときに管理者として責任を負うべき立場の人間には、把握しておいてもらうべきではないでしょうか」

「……そうですよね」

　正直、会社の同僚たちに病気のことを知られるのは気が引ける。懸命に闘っている彼らに余計な心配や負担はかけたくはない。

　しかし――先生の言う通り。そんな俺の感情が、かえって会社に迷惑を掛けてしまう可能性があるのも事実だ。

「色々と相談に乗っていただき、ありがとうございました」

　そう言って一礼する俺に、先生はいつものように「それが仕事ですから」と冷静な顔でデスクに向き直った。


「部長。少しお時間よろしいでしょうか？」

　翌日。ちょうど喫煙室に入るところだった部長に声をかけた。

「ん？　なんだい、改まって」

　部長が喫煙室の扉に手を掛けたまましじろじろと俺の顔を見る。何かを察したように眉を顰めて、密室の中へと俺を招き入れる。

「大事な話ってやつかな？　顔にそう書いてあるぞ」

　口を結んだまま項垂れている俺に向かって、部長が笑みを含みながら声を掛けてくる。

「……はい。個人的な事情で申し訳ないのですが」

　そう切り出して、俺は先生の忠告通り、自分の体調のこと。病気のこと。そして余命宣告を受けたところまで、全てを余すところなく部長に打ち明けた。

部長は険しい表情で俺の話に耳を傾けた。手には煙草の箱を持っていたが、中身を取り出して火をつける素振りは見せず、そのままポケットへと押し込んだ。

「そうか……」

俺が一通り話し終えると、部長は壁に背中を預け、口を固く結びながら何度も頷いた。

「これから、どうしていくつもりなんだい？」

部長が神妙な面持ちで尋ねてくる。

「……医者にも言われたのですが、今まで通り働くのは難しいと思います。ですが、いま担当しているクライアントは責任を持って……」

「それは無理だろうね」

「……どうしてですか？」

言葉を遮られ、きっぱりと言い切られた。そして首を横に振り、さらに言葉を続ける。

「仕事ってのは、適材適所だ。君には現状に適した業務を与えられるべきだよ。これから人事に相談することにはなるだろうけど」

俺は部長が言わんとしていることを察して、思わず血相を変えて詰め寄った。

「それは……営業から離れるということですか」

部長は硬い表情を崩さず、端的に答えた。

「そうだ。ノルマのない、時間に融通の利くポストに身を置いた方が君にとっては働きやすいだろう」

それは……遠回しに戦力外だと言っているようなものじゃないか？

俺は部長の足元に膝を突き、深々と頭を下げた。

「俺は……営業に憧れ、営業に育てていただいた人間です。この仕事に誇りを持っています。だからこそ中途半端にはしたくありません。お願いします。営業だけは続けさせてください」

俺が微動だにしないでいると、観念したかのように、深く息を吐いた部長が俺の肩をぽんと叩く。

「……俺から人事の方に掛け合っておくよ」

俺が顔を上げると、部長はいつもの笑顔を見せた。

「ただし、クライアントに迷惑をかけたらいけない。然るべき時が来たら、潔く身を引くんだよ。いいね？」

「……ありがとうございます」

俺がまだ頭を下げていると、結局一本も火を点けることなく、部長が喫煙室から出ていった。

結局俺はその後の人事との話し合いを経て、病気の治療をしながら勤務する社員を支援する会社の制度を利用しつつ、営業に籍を残したまま、新規の営業は担当せず、現在受け持っているクライアントの業務のみを続けていくことになった。

同僚たちに心理的な負担をかけないため、治療しながら勤務することは説明するが余命宣告を受けていることは伏せてもらうことにした。

結局その日は人事やクライアントとのやりとりや、ミーティングや資料作成をしているうちに定時になった。

退社前。エレベーターで乗り合わせたクリエイティブの社員に、以前俺が担当していたわか松の動画配信サイトの広告の進捗について聞いた。なんでも、若松社長肝入りの古澤先生がダンサーたちを従えて原宿通りをド派手に歌い歩くという構成で進んでいるらしい。曲も演歌ではなく、動画配信サイトでバズったボカロ曲をアレンジするという、山下らしいアイデアだった。

あれだけネット広告自体を疑問視し、渋っていた社長の懐に入り込み、希望に沿った上で自分の色も出した企画を進めている。チャレンジしている。

俺が担当を外されたことで、山下が活躍する場を得るという皮肉な状況だ。しかし、不思議と自分を責める気持ちも、悔しいという気持ちも腹の中には湧いてこない。

午後七時。退社してオフィスを外から見上げると、ミーティングルームは、まだいくつも灯りがついていた。

会社から家に帰ると、葵はソファーに横になって寝息を立てていた。時刻はまだ夜の八時。寝るには早いが、うたた寝をしてしまったのだろうか。

帰りにコンビニに寄って買ってきた弁当をテーブルの上に置き、彼女に近づく。

一緒に夕食を食べようと起こすつもりだったが。傍にしゃがみ込んで、すやすやと穏やかに寝息を立てている愛らしい姿に見入る。

俺の部屋のソファーに、仕事から帰ってきたらこうして若い女子が寝ているなんて。そんな光景にもうすっかり慣れてしまった。

こうして黙ってたら可愛らしいんだけどな……とつくづく思う。

ネクタイを緩めながらしばし彼女のことを見ていると、彼女は苦しそうな表情に変わり、もぞもぞと寝返りを打つ。

「おい、大丈夫か？」

慌てて彼女の背中に触れようとすると、小さく、か細い声が鼓膜を揺らした。

「おばあちゃん……」

彼女の目には、涙が浮かんでいた。

腰を浮かせていた俺は、再び彼女の傍に腰を下ろした。

そして、自分に問いかける。俺は果たして理解していただろうか。彼女と一緒に、人生最後の時間を過ごす意味を。夫婦になる。家族になるということの重さを。

俺は――きちんと覚悟を決めるべきではないのか。

おばあちゃんが亡くなって以来、ずっと独りぼっちだった葵。

――俺だってそうだ。仕事ばかりが生き甲斐で、人生を捧げるつもりで生きてきた。

仕事のことは、今回自分の中であらかた整理ができた。俺は会社の迷惑にならない範囲で、自分にできることをやる。そうして、その時が来たら身を引く、と。

——残りの人生は、彼女の為に生きること。それが俺にとって大きな目的になった。

彼女には身寄りはいない。だったら、きちんとケジメをつけるべきではないか。

俺はいそいそと立ち上がり、着替えを済ませてテーブルに座る。書類棚の中からクリアケースに挟んだ薄い紙を取り出し、ペン立てからマジックを引き抜く。

さらさらとペンを走らせ、三枚のリストを完成させた。

「帰ってたんですね……」

すると、眠そうに目を擦りながら葵が歩いてくる。今しがた認めたばかりのリストを覗き込み、ぽつりと言葉にする。

「指輪。挙式。婚姻届……ですか」

散々考えた結果。俺の中で〝夫婦とは〟という問いの答えは、その三つしかなかった。

「夫婦って何かを知るためには、夫婦になることの重みを理解して、互いにきちんとしないとな」

葵は顔を顰めたまま、不満げに視線をリストから俺の顔へと上げる。

「きちんとするって。そんなに大事なんですか?」

俺は葵の手からリストを取り、苛立ちながら言い返す。

「当たり前だろ。結婚は遊びじゃないんだぞ」

「遊びじゃないですけど、仕事でもないですよ。形だけ、効率的に済ませようとしている
ような感じがします」

なんだ。何がそんなに不満なのか、さっぱり読めない。

「別にしてねえよ。そう言うお前はどうなんだ？」

くるりと踵を返して本棚へと向かった葵は、読みかけの漫画のページの間に挟んでいた
紙ナプキンを取り出し、戻ってくる。

「じゃーん！」

そうして、自分の三つの案を自信満々に差し出す。

「なになに……だし巻き。オキシトシン。こども……？」

何だこれ？　何かの間違いかと思って顔を上げるが、葵はドヤ顔をして胸を張っている。

「いいでしょう。寝ないで考えるのは不健康なので、しっかり朝まで睡眠をとって、昼間
はゴロゴロして、ついさっき書きました」

「ついさっきも寝てただろうが」

なんでそれで自信満々の顔ができるのか理解に苦しむが……とりあえず俺は、〝オキシ
トシン〟という意味不明な言葉は置いておいて、最も気になる点を葵に尋ねた。

「あのな。こどもってのは……俺たちの子供か？」

すると葵は満面の笑みを浮かべて、胸の前で手を組んだ。

「私、子供が大好きなんです」

「それは、育てるってことか？」

「いいえ。遊ぶのが好きです」

俺は呆れながら、葵の書いた紙をトントンと指先で叩いた。

「それなら、猫でもいいだろ。子供はペットじゃないんだぞ」

俺の忠告に、少しだけ口を結んで考える素振りをした葵は、やがてマッキーを取り出してこどもを二重線で消し、新たに書き加えた。

「じゃあ、猫でいいです」

「……ちなみに、飼ったことはあるのか？」

「ありません。さあ、手伝ってください」

葵に促されるままに、ベッドの上の壁にそれぞれが書いたペラペラの紙を、押しピンで貼り付けていく。

「できた！」

満足げに壁を見つめる葵。俺はその横で「受験生みたいだな」と呟く。

「いい喩えですね。私たちはこれからこの六つの道標を攻略し、真の夫婦になるんです」

「それじゃドラクエだろ」

それにしても、葵が提出したリストが意味不明すぎて本気なのかどうか分からなくなってくる。

「本当にそれでいいのか？　どれも思いつきにしか思えないし……考え直した方がいいん

じゃないか」

　すると、葵がムキになって反論してくる。

「そう言うあなたこそ。結婚っていう枠組みに囚われすぎじゃないですか？　私は夫婦になれればいいってわけじゃないんです。夫婦って何なのかが知りたいんです」

　意見の食い違いに、俺は頭を抱えてベッドに腰を下ろす。

　正直俺は、ニコとの結婚を躊躇したことを今でも後悔している。どうして一歩を踏み出す勇気がなかったのか――それは紛れもなく、覚悟が足りなかったからだ。

　同じ失敗は繰り返したくない。だからこそ、そこだけは妥協するわけにはいかない。

　俺は深くため息をつき、葵に向かって粛々と語りかけた。

「俺はお前と最期まで一緒にいるって決めたんだ。その覚悟を示す為には、ちゃんと筋を通す必要がある。それがお前の為であり、俺のけじめなんだ」

　葵はいよいよ理解不能といった顔をして、俺にずいとにじりよる。

「あの……けじめってなんですか。焼いたら美味しいんですか？　筋は取った方が食べやすそうですけど」

「そうじゃねえ！」

　全く話が嚙み合わない。ここまで聞き分けのない奴だとは思わなかった。

　俺は目前に迫る葵のほっぺたを両手でつねりながら叫んだ。

「明日食わせてやる。いいから黙ってついてこい！」

「たこ焼き食べたい」

時刻は正午に差し掛かり、激しい日差しが降り注ぐインター前の交差点。信号待ちをしている車中で助手席の葵が、窓の外のビルに掲げられている看板の文字をぼんやりと見つめながら呟いた。

「ダメだ。時間は決まっているし、寄り道している暇はない」

俺が事務的にそう言い放つと、葵は不満げにカーステレオを見つめながら口を尖らせた。

「あの……他の曲ないんですか？」

「あるけど。ダッシュボードの中にあるのが全部だな」

葵がダッシュボードを開き、中に入っていたＣＤを物色する。

「全部同じバンドじゃないですか」

「それしかない。仕方ないだろ」

車には中学生の頃に熱中し、今でも毎日のように聞いているブルーハーツのＣＤしか置いていない。

「あんまり好きじゃないか？」

「うーん……」

「正直に言え。別に怒らないから」

葵は困った顔をして、ジャケットを見つめながら答える。

「……全部同じに聞こえます。叫んでるだけって言うか」

「まあ、そう感じる人もいるだろうな。でも、俺にとっては人生の支えになった曲というか――。部活の試合前とか。受験勉強の時期とか。いつもこれを聞いて自分を奮い立たせてたな」

「そうなんですね」

葵が興味深げに俺の顔を見つめる。

音楽の好みは人それぞれだし、別に気に入らないからって特に思うことはない。感性の合う合わないはあるから、そこは互いに理解し合い、歩み寄っていくべき部分だろう。

首都高速を降りて、料金所を抜けて一般道を走る。

すると隣で葵が何気なく鞄の中からウエハースを取り出して、齧り始めた。

「おい」

その一言に最大限の抗議の意味を込めたのだが、葵はぴんときていない様子だ。

「……どうしましたか？」

「それは何だ？」

「お菓子です」

「なぜ今食べる？」

「小腹が空いたので……。うーん、これ。喉が渇きますね」

「いや、そうじゃない。人の車の中で、そんなこぼれやすいものを黙って食べ始めるのってどうなんだ」

きょとんとした顔をこちらに向けて、訝しそうに眉を寄せる。

「大丈夫です。こぼしませんよ。綺麗に食べますから」

「そういう問題じゃねえ。昨日も言ったけど、ここは俺の大事にしている車の中なんだから。事前に一言断るべきじゃないか?」

葵ははっとした様子で口を覆う。やがて悲しげな顔をして手に持っていたウエハースをじっと見つめ、躊躇なく半分に割る。盛大にカスが弾け、シートの上に飛び散った。

「——ごめんなさい、気がつかなくて。半分どうぞ」

理解し、歩み寄らなければ。先ほど自分に言い聞かせた言葉を胸の中で繰り返す。

「分かった。いいから一人で食え。その代わり、二度と俺の車にお菓子を持ちこむな。分かったか?」

俺は仏頂面のままハンドルを握る。二つに割ったウエハースを口の中に放り込んだ葵は、しゅんとしたまま外の景色へと視線を移した。

「着いたぞ。ここだ」

ウインカーを出して、駐車場へと車を乗り入れる。あまり気乗りしない様子の葵を引き連れて、俺たちは店の自動ドアを潜った。

「いらっしゃいませ」

緊張しながら入店すると、女性の店員さんが深々とお辞儀をして迎えてくれる。ガラスのショーケースの中にずらりと並ぶ、煌びやかなリングの数々に目を奪われながら、奥のカウンターへと案内される。席に着くと、担当の若い店員さんがタブレットとタッチペンを差し出し、要望などを聞くためのヒアリングの記入をお願いされた。

予算はこの程度かな。ゴールド、プラチナ……この辺りはよく分からないから、後で店員さんに聞こう。

慣れない場所だからか。初めはきょろきょろと店内を見渡していた葵だが……やがて飽きてしまったのか、タブレットを操作している俺の横で下を向き、スマホをポチポチといじり始めてしまった。

「奥様もご一緒にいかがですか？」

本来は〝夫婦〟で話し合いながら記入するものなのだろう。〝夫〟が黙々と一人で頭を悩ませ、〝妻〟は心ここにあらず、という異様な光景を不思議に思ったのか。気を遣って笑顔で店員さんが葵に促してくれるが、当の本人はぼんやりとした様子で再びスマホに視線を落とす。

「ご記入ありがとうございます。では、カウンセリングに入らせていただきますね」

店員さんがタブレットを見ながら、詳しい希望を尋ねてくる。

「奥様。ご希望のデザインなどございますか？」

店員に促されてやっとその気になったのか、葵はショーケースをじろじろと見回して、そのうちの一つを指差した。

「あれがいい」

「……こちらですか？」

　どれどれと目を凝らす。綺麗だ。万華鏡のように、見る角度によって色鮮やかに輝きが反射する。宝石の名前は、ブラックオパールと書いてある。値段は……っておい。

「これはダメだ。高級車が買えるぞ。予算オーバーだ」

「じゃあ、これは？」

「それも高すぎる」

　すると葵は、俺の顔をまじまじと見つめた。

「じゃあ、一番安いやつにしてください。私にとって、どれをつけるのかはそんなに重要ではないので」

　そう言って、再びスマホに目を落とす葵。

　何でそんなに適当なんだと胸の中で憤慨しながら、流石にここまで対応してもらっていつまでも何も選ばないのは失礼だと思い、仕方なく店員さんに勧められた中からいくつかをチョイスする。

「とりあえず、これとこれで」

「かしこまりました。奥様、指のサイズは……」

「Mサイズで」

　マックのポテトか。俺は慌てて「測ってもらえますか？」とお願いすると、たくさんのリングがついた計測用の見本を準備してくれた。これには多少興味を示したのか、じゃらじゃらと鳴らしながらスポスポと遊ぶように指を嵌めていく。

「葵は……六号くらいかな？　俺は十五号で」

「かしこまりました。体調などの影響で日によって指のサイズは前後するので、改めて計測させていただきますね」

　店員さんが一度席を立ち、俺はその隙に葵に耳打ちをする。

「もっとちゃんとしてくれないか？　二人で選ばないと意味がないだろ」

　すると葵は、自分の白くて細い指を見つめながら答えた。

「私、宝石とか貴金属とか、好きじゃないんですよ。どちらかと言えば、可愛いアクセとかの方がいいんです。だから、あんまりワクワクしなくて」

　俺はまたか、と呆れながら、昨夜と同じ内容の言葉を繰り返す。

「これは遊びじゃないんだって言っただろ。そういうアクセと違って、一生肌身離さず身につけるものだぞ？　そんな適当に決めるもんじゃない」

　葵はムッとして俺を睨み返す。

「そんなに必要なら、好きなのを選んでおいてください。私は別に身につけませんから」

「何でそうなる。俺だけつけてても意味ないだろ」

　カウンターで俺たちが小競り合いをしていると、小さなケースを抱えた店員さんが戻ってきて、気まずそうに微笑んだ。

「お待たせいたしました。どうぞお試しになってください」

指輪を一つ一つ丁寧に説明し、拭き取りながら目の前に並べてくれる。

ずらりと並ぶ、プラチナ、ゴールド、ダイヤの指輪の数々。それをじっと見ていた葵は、指輪を手に取り、次々と指に嵌め始める。やがて全ての指に嵌め終わったところで、ドヤ顔で両手を俺と店員さんに見せつけてきた。

「す、素晴らしいですね……」

店員さんも言葉のチョイスがおかしくなってきてる。呆れ返った俺は、これ以上時間を取らせるのは申し訳ないと判断し、「また考えます。すいませんでした」と何度も頭を下げ、足早に店を後にした。

眩しい日差しの中、二人で車に乗り込む。俺が無言でエンジンをかけると、葵が神妙な顔をして俺の顔色を窺ってくる。

「なんだ。何か言いたいことがあるのか」

俺の方はいくらでもある。でも今日は喧嘩をしにきたわけではない。そう自分に言い聞かせ、ぐっと堪えて飲み込み、アクセルを踏んだ。

「あの、さっきはすいませんでした」

「……え？」

素直に謝るのかよ。さっきの不機嫌そうな様子からは想像もつかない展開に不意をつかれて、思わず間の抜けた声を返してしまった。

「まあ、そうだな。俺の意思で連れて行ったとはいえ、もう少し態度を……」

　そう言いかけたところで、葵が大きくため息をつく。

「完全に滑ってましたよね。渾身のボケのつもりだったんですけど……」

「そっちかい！」

「変な空気になっちゃって……」

「その前から十分不穏な空気だっただろうが！」

　俺は堪忍しきれなくなって、声を荒らげて葵に捲し立てた。

「お前な。今度はちゃんと聞けよ。スマホいじるな。一切ボケるな。店員さんも忙しい中時間取ってくれてるんだ。失礼なことはするもんじゃない。分かったか？」

　頷きながら、しゅんとする葵。しおらしくなったように見えるが、恐らく今俺に怒られたことに対してではなく、さっきの渾身のボケが滑ったことを引きずっているのだろう。本当にふざけた奴だ。

　首都高で十数分ほど車を走らせ、郊外に出たところで一般道に降りる。やがて広い駐車場に車を停め、ガラス張りのおしゃれな三階建ての式場に足を踏み入れた。

「いらっしゃいませ。お待ちしておりました。プランナーの鹿嶋と申します。本日はおめでとうございます！」

　スーツ姿の、ショートカットにメガネをかけた若くて元気そうな店員さんが入り口で迎えてくれる。

葵は、またここでもキョロキョロしている。もう粗相は許されない。その様子に警戒心を覚えながら、案内されたブライダルサロンでカウンセリングシートに記入を始めた。

名前、住所、会場を選んだ理由……ボールペンで回答スペースを埋めながら、ちらりと隣に座る葵の様子を見る。

目が半開きになっている。眠たいのか。もうすでに嫌な予感がする……と自分に関連する記入欄を書き終えたところで顔を上げると、葵はうつらうつらと舟を漕ぎ始めていた。

「寝るな。お前も書け」

「あ、ひゃい」

どこでも寝やがって。本当に猫みたいな奴だな。寝ぼけ眼でペンをとった葵は、筆圧がバグっているのか。何度かシートをペン先で破きながら記入欄を書き終え、「お腹すいた……」と蚊の鳴くような声で呟いた。

「頑張れ。この後式場のメニューの試食会もあるから」

「……本当ですか？」

みるみる目に力が宿っていく葵。食欲が睡眠欲を凌駕した瞬間を見た。

「改めまして、本日はおめでとうございます！　本日はプランのご相談と、式場内のご案内をさせていただきますね」

テンション高めの鹿嶋さんに、改めて名刺を渡される。俺は名刺入れに収めたが、葵はポケットに突っ込んだ後、寝ぼけてその名刺で洟をかみそうになっていた。

「瀬川様ご夫妻……は、まだご入籍はされてないんですね？」

「あ、そうです」

「なるほど。これから瀬川になられる、ということですね」

そうか。名前の欄には二人とも瀬川になっているから、そういう解釈をされたのか。まさかたまたま同じ苗字ですとは今更言いにくいし、本物の婚約者であると思われた方が都合がいいので訂正することはなかった。

「挙式のご予定や、参加人数はお決まりですか？」

目を輝かせながら尋ねてくる鹿嶋さん。どちらも答えかねて、未定と記入していた。

「まだ分からないんですよね」

まさか二人とも余命僅かで、あんまり先延ばしにすると執り行えるかどうかも分からないなんて思わないだろうな。

俺が悩ましげにそう答えると、鹿嶋さんが微笑ましそうに隣を見つめる。葵が首をカクンカクンしながら、すうすうと寝息を立てていた。

「お忙しいんですね。大変な中、お越しいただきありがとうございます」

鹿嶋さんが丁寧に頭を下げる。どう考えてもこちらの粗相なのに。そうやって対応してくれたことが嬉しいのと同時に申し訳なくて、肩を揺らして葵を起こした。

「ん……あ？」

「おい。話の途中だぞ」

その様子を見ていて、俺は流石に疑問に思い始めていた。葵の肩をもち、鹿嶋さんに背中を向けて小声で尋ねる。

「お前……薬の副作用で眠いんじゃないのか。具合良くないのか？」

葵は目をとろんとさせながら安定しない首を横にふるふるとする。

鎮痛剤を使えば、眠くなることがある。俺も医者や薬剤師さんにそういう説明を受けた。異常なほどに眠そうな葵の様子を見ていると、それが原因であるとしか思えない。

俺と葵は、夫婦として擬似結婚生活を始めるにあたって、一つの約束を交わした。

お互いの病気に関して、干渉しないこと。

それを言い出したのは葵で、この契約が互いの人生の終末期を介護し合うためのものではなく、互いにやり残した結婚生活というミッションをやり遂げるためであるという強い意志を感じた。

だからこそ、俺は葵の病気に関して何も聞かないし、詮索しない。葵も同様に、俺の病気のことについて尋ねてくることも、話題に出すことすらなかった。

「大丈夫です。それより、早くごはん……」

葵がうわごとのように呟くと、それを聞いた鹿嶋さんが胸をドンと叩き、「承知いたしました。お先にご試食の方、ご用意させていただきますね！」と席を立った。

「良かったな。先に飯食えるってよ」

それを聞いた葵は急に我に返って目を見開き、「ごはん……！」と低く唸るような声を鳴らした。

　それから鹿嶋さんに連れられた俺たちは、チャペル、ルーフトップ、披露宴会場の案内もそこそこに、レストランのような場所で、式場で提供される食事を出してもらった。

「お待たせいたしました」

　ワンプレートの、おしゃれで色鮮やかな料理が二人の前に並べられる。前菜、メインディッシュ、デザートが一口ずつ載せられており、それぞれの味を確認できるようになっている。

「いただきます。うん、美味しい。これ、なんだろうな。カボチャかな？」

「お代わりください」

　俺がスプーンに乗った前菜らしき料理を咀嚼して味を確かめているうちに、葵は全てをペロリと食べ終えて空になった皿を鹿嶋さんに見せて催促していた。

「ここはバイキングじゃねえんだぞ。もう終わりだって」

　それを聞いた鹿嶋さんは、笑いながら頭を下げた。

「申し訳ありません。物足りなかったみたいで……メニューは決まっておりまして、同じものはお出しできないのですが、パンとスープでしたら……」

「いいんですか？　すいません」

　鹿嶋さんの対応には感動しきりで、俺はもし式を挙げるのならここでしたいと心から思った。しかし当の葵はそういうイメージを抱いて来ているとは到底思えず。葵との温度差を感じながら、後ろ髪を引かれる思いで試食会を終えた。

「美味しかった！　また来ますね！」

ブライダルフェアを終えて、受付で見送る鹿嶋さんに向かって葵が手を振る。

「だから飯屋じゃねえって」

そう言って葵の頭をポンと叩くと、お腹が満たされて元気を取り戻したのか、葵は機嫌良さそうに笑顔を振りまいていた。


次の日。俺が仕事を終えて自宅マンションに戻ると、葵は風呂に入っていた。

今日はちょっと遅くなったから飯、買ってきたけど。後で温め直して食うか。

スーパーで買い物をした袋をキッチンに置き、スーツやネクタイをクローゼットに収め、部屋着に着替える。

そうだ、今の内に……。

冷蔵庫から以前買い置きしておいたパックのエスプレッソを取り出し、指先でストローの袋を剝いて、表面のフィルムを突き刺して立てる。

一口飲んでテーブルに置くと、よそゆき用の鞄からＡ４サイズの封筒を取り出し、中から書類を抜き取って並べた。

俺は、字を書くのが苦手だ。昔から、コンプレックスだったと言ってもいい。小学校の授業で習字をしたり、書き取りの練習をするとき。先生に何度もやり直しをさせられた挙句、バランスの悪い、不細工な字をデカデカと何ヶ月も教室の後ろに展示されるのがずっと苦痛だった。手書きの卒業文集に至っては永久保存だ。内容はともかく、字がダサい。その事実だけが、忘れたいのに真空でパッケージされたみたいに、鮮明に記憶されている。ページをめくれば、綺麗な字で認められている同級生の文章という比較対象があるがゆえに、より俺の字の汚さが際立っていて、思い出すだけで気分が沈む。

仕事でも苦労してきた。手書きで書類を書く機会はそんなになかったが、上司には「これ、なんて書いてあるの？　読めないいんだけど」と眉を顰められ、部下は直接聞くのは失礼だと思ったのか、他の同僚に「これ、読める？」と聞いて回っていたのを後で知ってしまった。

ボールペンを手に取り、呼吸を整える。

これを書くために、少しでも字が綺麗になりますようにというおまじないの意味も込めて、文具店で一番高いボールペンをわざわざ買った。グリップが柔らかくて、手に馴染む。少し重みがあるのが、落ち着いて字を書けそうな気がして、心が和らぐ。

しかし、意を決してひと文字、ふた文字を書き始めた時点で、そんなものが気休めの錯覚であるという現実を思い知らされた。

人生で何度も書いてきた、自分の名前。ふりがな。一通り書き終えたところで、諦めの色の濃いため息を吐いた。

「おかえり〜」

　すると、脱衣所から濡れ髪の葵が出てきた。寝巻き姿で、シャンプーのいい匂いを漂わせ、頬が微かに赤らんでいる。

「ただいま。ちょうどよかった。お前も、ちょっと座りな」

　不思議そうな顔をして、対面に座る葵。

「ほら。俺は名前、書いといたから」

　表情をがらりと変えて、不審そうに紙に顔を近づける葵。

「婚姻届？」

　葵が抑揚のない声で読み上げる。

「そうだ」

　紙に書いてある内容をじろじろと読む葵。

「これ……なんて書いてあるんですか？」

「うるせえ」

　やっぱり言われた。これでも丁寧に書いたつもりなのに。

「……で、なんですか？」

「なんですかって。そのままの意味だろ」

　いよいよわけが分からないという顔をする葵。いやいや。その反応の方がわけが分からないから。

「結婚するって、そういうことだろ？」

俺が壁に貼られたやりたいことリストを指差す。

婚姻届。そう書かれた字と、目の前にある紙を交互に見て、葵が剝れながら言った。

「拓海さん。夫婦になるって……これに名前を書くことなんですか？」

え……怒ってる？　予想外の展開に戸惑いながらも、どうにか宥めようと必死に言葉を並べる。

「そうじゃない。結婚するってことは、二人が一生添い遂げるという決意を示すために、契約するってことだろ？　だから、それを証明する形に残るものとして、婚姻届は絶対に必要なんだよ」

そして、法律的に俺たちが夫婦になるためには、避けては通れないものだ。そう言い聞かせたかったのだが、その切り口は葵には逆効果だった。

「じゃあ、逆にこの紙切れがなければ、私たちは夫婦にはなれないんですか？」

「……そうだ」

もちろん、籍を入れないという選択肢を取る人たちもいるだろう。だが世間一般的にはそれを結婚とは言わない。

「ここに互いの名前を書かなければ、二人は夫婦として成立しない。認められない。当たり前のことだろ？」

その言葉を聞いて、葵は険しい表情で俺の顔をじろじろと見る。

その瞳は、微かに揺れていた。そして、机の上に置いていた婚姻届を手に取り、躊躇なく両手で真っ二つに破り裂いた。

「おい……何を」

俺が力なく手を伸ばした先で、葵は何度もびりびりになるまで千切りまくり、破片を床にばら撒く。そして俺から顔を逸らし、ぽつりと呟いた。

「指輪とか、結婚式とか、婚姻届とか……なんでたった二日で全部回って、済ませようとするんですか？　これから一年かけて、夫婦になっていくんじゃないんですか？　契約書にサインをしたらそれで〇Ｋなんて……」

そんなの夫婦じゃない。消え入るような声でそう囁いた葵は、手で顔を拭い、そのまま布団に潜り込み、心を閉ざしてしまった。

「おい、葵。ちゃんと話を……」

必死でそう呼び掛けても、うんともすんとも言わない。俺は困り果ててしまって、頭を抱えたままテーブルに突っ伏した。

どうしてだ。俺は俺なりに、葵の夫になろうとしているのに。

ジュエリーショップや結婚式場での彼女の態度を思い出す。一つ明らかになったのは、俺と彼女とで、互いに抱いている夫婦という形に、大きな溝があること。

その溝を埋めない限り――俺たちは夫婦にはなれない。

葵は、布団の中で塞ぎ込んだまま戻ってこない。仕方なく俺はシャワーを浴びて、国境線を越えないように部屋を縦断し、灯りを消してベッドに潜り込んだ。

　結局夕飯も食べていない。でももう、そんなものはどうでもいい。俺には、葵が怒った理由も、自分が結婚に何を求めていたのかも分からない。それが情けなくて、許せなくて。自分の感情を押し殺し、現実から目を逸らすように固く目を瞑った。


　翌朝。いつもの時間に、アラームが鳴り響く。ベッドから起き上がってテーブルの横を通り過ぎると、婚姻届の残骸が散らばっていた。

　スマホの灯りを頼りに、一つ一つ丁寧に拾い上げて、まとめてゴミ箱に入れる。葵はまただらしなく布団から足を出して、口を開けて寝息を立てている。

　台所には、定期的に通院して処方してもらっている薬のストックがある。痛みや症状に応じて、量が増えたり種類が変わったり。車を運転するときは、眠くならない成分のものを服用している。

　今の俺が、日常生活を送る上で欠かせないピースだ。数錠を手に取り、常温の水で胃に流し込む。

　洗面所で顔を洗い、スーツに着替えて朝飯用に買っておいた菓子パンを食べ、鞄を準備する。

　部屋を出る前に、もう一度葵の顔を覗き込む。

　後ろ髪を引かれる思いとは、まさにこのことだな。そうぼやきながら玄関を出た俺は、満員電車に揺られながら、会社へと急いだ。

✧

夕飯はどうするか悩んだが、結局スーパーに寄って材料を買って作る気にはなれず、コンビニで適当に調達してマンションに戻ってきた。

正面玄関でロックを解除し、エレベーターで四階に上がる。

気が重い。

あいつを怒らせてしまったことに対して、自分を責める気持ちも、申し訳ない気持ちもある。それなのに、どうしてあんなに意見が食い違ってしまったのか、ピンときていない自分がいる。

こんな状態でまたあいつと顔を合わせたら。

不安に苛まれながら部屋の鍵を開錠し、恐る恐る灯りをつけた。

昨日は玄関まで出迎えてくれた葵は、部屋から出て来ない。

それもそうか……とため息をついて、洗面所で手を洗い、キッチンへと向かう。喉が渇いたので、冷蔵庫を開けてペットボトルの緑茶を手に取り、口に含む。

「……ん？」

ふと背後に気配を感じて振り返ると、葵が真顔でそこに立っていて、思わず「うわっ」と悲鳴を上げた。

「お前、何してんだよ。びっくりさせんな」

具合が悪いのか。青白い顔をした葵が、何も言わずに右手を差し出す。

「……オキシトシン」

「えっ？」

そう言って黙ったまま動かない葵。何だ。どういう意味だ？

「そういう名前の薬か？　必要なら今から買ってくるぞ」

今から開いている薬局を調べようとスマホを取り出すと、葵は「いいから手を」と繰り返す。

一体何なんだ？　言われるがままに右手を差し出すと、葵の白くて細い指先が、ひんやりとした感触と共に俺の手を包み込んだ。

「どうですか？」

「え？　いや……お前、手冷たいな」

すると葵は俺を上目遣いにひと睨みし、首を横に振る。

さっぱり意味が分からない。困惑しながら冷蔵庫に緑茶をしまう。背後に、まだ葵の気配がする。一歩も動くことなく、何も言わずに立っている。

冷蔵庫の扉を閉め、恐る恐る振り返る。視線を下げると、何かを訴えるような彼女の視線に捕まった。

さっきよりも距離が近い。下がろうにも、背後には冷蔵庫がある。

葵は肩幅ほどに両手を広げ、ゆっくりと俺に体を預けようとした。

何も考える時間はなかった。反射的に俺は、彼女の両肩を摑み、体と体が触れ合うのを避けた。

一瞬の静寂。彼女の瞳が悲しみの色に。そして怒りの色へと変わった。

「お前、大丈夫か？」

弁明じみたトーンの俺の言葉など彼女に届くわけもなく。すぐさま踵を返した葵は、ソファーの上で毛布を被り、丸くなる。

それから何度呼びかけても、何も反応することもなく――。

結局夕飯も食べないまま。彼女は閉じこもってしまった。


「なあ、ニコ。一つ聞いてもいいか？」

東日本トラベルの会議室での商談。あくまで仕事でこうしてニコと向かい合っているわけだが、今日の俺にはどうしても聞きたいことがあった。

「なに。悩みでもあるの？」

打ち合わせが一段落し、ノートパソコンを閉じながら眉を顰めるニコ。

「いや、大した話じゃないんだけど。もしもお前が、旦那に……ハグとか……しようとして、拒否されたら……やっぱり傷つくよな？」

ニコは備品のUSBメモリを手に持ったまま、俺の顔をじろじろと見て、呆れたように肩をすくめた。

「当たり前でしょ。私はあんまりベタベタするのは好きじゃないけど、人肌恋しい時はあるし。でも、相手の気分によるんじゃない？　疲れてたりとか、そっとしていてほしい時もあるし。そういう時に纏わりつかれたら嫌かもしれないけど」

家庭を持つ者としてひと通り模範的な回答を寄越してくれた後に、ニコは詮索の眼差しを俺に向けた。

「……で。誰が？　誰に？」

やっぱそうくるよな。俺は資料を整えるふりをしながら、めいっぱい平静を装って答えた。

「……同僚」

「あなたでしょ。彼女できたの？」

長年付き合った元カノだけあって、俺のごまかしは全く通じなかった。

「いや、彼女というか。まあ、そういう感じかな」

「へえー」

ニコが目を丸くする。素直に驚いているという様子だ。

「彼女、甘えん坊なんだ」

微笑ましそうに目尻を下げるニコ。俺は首を横に振りながら、昨晩から澱み続けている胸の内を素直に打ち明けた。

「そういうわけじゃないんだけど。唐突にハグというか、そういうのを求められて——反射的に避けてしまったんだ」

「なんで？」

「うーん。急に距離が縮まるのが怖いというか、抵抗があったんだと思う」

「距離ねえ」

　ニコが姿勢を崩して肩肘をつき、指先で唇を触りながら物憂げに言った。

「私たちも……随分とあったよね、距離。キスやハグはおろか、付き合い始めて手を繋ぐまで何年かかったかな？」

「……結局ひと通りのことはしたからいいだろ」

　そう答えると、ニコは不満げに八の字眉を作りながら腕組みをした。

「あなたは、どうしたいわけ？」

「そりゃ……応えてやりたいよ」

「なんで？」

　夫婦だから。と喉まで出かかったが、俺と葵との特殊な関係性をニコに打ち明けるのは躊躇った。

「可哀想だろ。避けられたら誰だって、傷つくに決まってる」

　そう答えると、ニコの表情が曇った。

「問題はそこじゃなくて、あなたの気持ちが伴っていないことだと思う。だから、反射的に避けてしまうんでしょ？　一見相手のことを思いやっているようで、義務だからやるべきだって考え方を自分にも相手にも強要しているだけにすぎないいんじゃない？」

それを聞いて、俺は何も言い返せなかった。

同時に、かつてニコに突きつけられた言葉が、自分の中でリフレインする。

「──私との結婚は、あなたにとって義務なの？　──それって、私にとってとても残酷なことだから」

──付き合い始めて四年目の冬。俺はニコとの結婚を真剣に考えていた。互いの両親にも会って。他愛もない会話の中に、何年後かの自分たちの姿を具体的に語り合いながら。どんなところに住みたい？　初めはマンションに住んで、二人でお金を貯めて持ち家に住んで。子供は何人くらいがいいかな。もしも名前をつけるとしたら──。

そう切り出すのはいつだってニコの方で。俺はいつも目尻を下げながら「そうだな」と話を合わせていた。

今となっては、心の底からそう思っていたのか自信がない。正に彼女の言う通りだ。何年も付き合っているから。そろそろ三十歳も近づいてきて。世間体もあるし。

義務感。ニコが俺の態度からそう感じ取り始めた時点で、俺たちが一緒になるという未来は霞み始めていたのかもしれない。

──あの日も、二人で夜景を見て、フレンチレストランでコース料理を食べていた。

いつものように、未来の話をしたがるニコ。はぐらかし続ける俺。そして帰りの駅のホームで、ニコは突然涙を見せた。

——とても残酷なことだから。

俺は彼女の言葉を耳に入れながら、心には届いていなかった。なにも答えることはなく、ホームドアが閉じ、そのまま俺たちに「次」が訪れることはなかった。

俺はニコのことが好きだった。今思えば、高校時代の部活の帰り道——まだ付き合っていない頃に、俺たちはよくコンビニで顔を合わせた。その度に、照りつける日差しの中、外の自販機の前で棒アイスを食べながら他愛もない会話を交わしていた頃が、一番楽しかったのかもしれない。

「ねえ、覚えてる？　高校の部活、最後の試合の後のこと」

ニコが俺に問いかける。俺は黙って頷く。

「全国大会の二回戦……シード校と当たって、それでもＰＫ戦までもつれ込んで。最後の最後に一年生の子が外して負けたよね」

今でもその光景は目に焼き付いている。延長戦まで死力を尽くして戦っていた俺たちは、一斉にグラウンドに崩れ落ちた。

「拓海、一人一人に声かけて。抱き上げて回ってたよね」

「ああ」

「それで……私にも声をかけてくれたよね」

そのことについて、正直よく覚えていない。ニコはマネージャーとして、ピッチに立つ

俺たちをずっとサポートしてくれていた。試合後、ベンチで座ったまま号泣して動けなく
なっていたニコに、俺は声を掛けたらしい。
「俺、なんて言ったんだっけ？」
　ニコは遠い目をして、ぽつりと言った。
「ありがとうな……って、グシャって頭を撫でて。ほんの一瞬だったけど、今までやって
きたことが胸に込み上げてきて。とにかく嬉しかったな。拓海って当時凄くクールで厳し
くて、後輩に恐れられてて。そういうことしなそうなイメージを持っていたから、凄く意
外でびっくりしたのを覚えてる」
　どうしてそんなことをしたんだろう。たぶん……俺も感情的になって、ピッチに倒れ込
む後輩たちを励ますノリでそうしてしまったのかもしれないなって、今になって思う。
「でもあれは、義務じゃなかったよね」
　ニコが悪戯っぽく言う。あれがきっかけでニコは俺のことが気になり始めたらしいから、
そう思いたいのかもしれないけど。
　でも確かに、俺はキャプテンとしてどう振る舞うべきかとか考えていたわけじゃない。
ニコが選手と同じくらい頑張って、ピッチの外で戦ってくれていたのを知っていた。その
気持ちを讃えるべきだと思ったから、あの行動に出たのかも知れない。
「まあ、それ以来私の体に触れるには途方もない時間が掛かったわけだけれど。とにかく
さ。いっぺん彼女との関係を頭からリセットして、純粋に相手のことをどう思っているの

かしっかり自分の気持ちを整理してみなよ。スキンシップって、自分がもらう以上に、相手に与えるものだと思うから。相手にお願いされたからじゃなくて、自分がどうしたいかを行動に移していけば、自然と彼女が求めるものと重なっていくんじゃない?」

彼女が求めるもの……か。そこなんだよな、と俺はため息をつく。

「話、付き合ってくれて悪いな。じゃあ、また」

クライアントとして。取引先として。俺とニコが顔を合わせる理由は、仕事上の関係性でしかない。

それでも、運命なのか呪いなのか。俺たちは再び出会った。ニコには顔も見たことがない結婚相手がいて、俺には何を考えているのかさっぱり分からない擬似結婚相手がいる。

「ねえ、拓海」

鞄を抱えて席を立つ俺を、ニコが呼び止める。

「なんだ? 資料ならまたメールで送っとくよ」

俺がそう答えると、ニコはそうじゃない、と言いたげに首を傾げた。

「今日は、昔のことをこうしてまた話せて、ちょっとすっきりした。あなたも色々あって大変なんでしょ。私のこと、もっと頼っていいんだからね」

馬鹿言え、と俺は苦笑する。

「俺のことは心配いらないから。旦那のことだけ考えておきな」

「旦那のことは当然大事に思ってるけど。いち友人。いや、チームメイトとして、かな。

あなたのことも応援してるから」

ニコは笑顔を見せながら、最後に付け加えた。

「私、あなたと出会って。好きになって付き合って、別れて——良かったと思ってる。良い思い出ばかりじゃないけど、すごく大切な時間だったなって。だからさ」

ニコは俺の背中をコツンと握り拳で叩きながら、釘を刺すように言った。

「彼女のこと。大事にしてあげなよ。そうやって悩んでいるってことは、もう十分あなたにとって大切な存在になっているってことなんだから」

俺はこの日まで、二十八年生きてきた。あのとき、ああしておけば。と悔やむことはしょっちゅうある。でも……もしも人生には筋書きがあって、嬉しいことも、嫌なことも。全て予定通りだとしたら。

ニコの言うように、俺たちが出会って別れたことも、初めからそう決まっていて。

そして、余命一年と宣告された俺と葵が、最後に夫婦として共に過ごすこと。全ての経験は、この時間の為にあったとしたら。


「——とりあえず、謝らなくちゃな」

仕事帰りに、葵の好きな柏餅を買った。別にご機嫌を取るつもりじゃないけど、せめてもの気持ちだ。

マンションに戻って玄関で靴を脱ぐ。すると、焦げ臭い匂いが漂ってくる。

「まさか火事か？」

慌ててキッチンを覗き込むと、葵が真っ黒に焦げた物体を手で掴みながら、ゴミ箱へと投げ込んでいる光景を見てしまった。

「おい。何をしていたんだ？」

葵は剝れた顔をして俺の肩を摑み、「いいから。向こう行っててください」とダイニングテーブルの方へ向けて背中を押そうとする。

仕方なくキッチン方面には寄り付かず、シャワーを浴びる。洗面所で髪を乾かして再びキッチンへ向かうと、既に片付いたあとらしく、何も残っていなかった。それでも匂いは気になるので、換気扇を回してダイニングテーブルへ向かうと、葵はすでにソファーで寝息を立てていた。

一体何をしようとしていたんだ？

先ほど葵が何かを捨てていたゴミ箱の中を覗き込む。炭と化した焦げ臭い匂いを放つ残骸に、卵の殻が混じっている。

卵料理？　そういえば、葵のやりたいことリストの中に、だし巻きって項目があったな。

一体なんのために？　あいつにとって、だし巻きを作ることは、夫婦になることとどう関係があるのだろうか。

葵の為に買っておいた柏餅をテーブルの上に置き、コンビニで調達したぶっかけ蕎麦を食べながら、俺は尽きることのない疑問と向き合い続けた。

✧

「瀬川。体の具合はどうだ？」

会議の後。隣に座る部長が俺の顔を見ながら尋ねてくる。ぼんやりと資料を見つめていた俺は、慌てて立ち上がって部長に会釈をする。

「ああ、いえ。失礼します」

俺が席を立つと、部長が俺を気遣うようにぽんと背中を叩く。

「くれぐれも無理はするんじゃないぞ」

――聞いた話では、俺がいくつかの案件から担当を外れた影響で、大幅な人員の再配置があったらしい。

病気のことを知っているとはいえ、俺の尻拭いをした同僚たちには不満に思うところはあるだろう。迷惑をかけているのは間違いない。

会議室の外に出ると、隣の会議室を窓から覗く。わか松の企画会議の真っ最中だった。ホワイトボードの前で、必死に企画を熱弁する山下。チームのみんなも、目を血走らせながらその話に聞き入っている。

俺の今の業務は、既存のクライアントの広告効果の推移を報告したり、今後の方針を話し合う程度。運用するのは、規模の小さい企業ばかりだ。

彼らのように、ビッグプロジェクトを成功させるべく奮闘する第一線からは退いている。帰りのエレベーターの中。心がささくれ立つのを感じながら、重い足取りでオフィスを出て、家路についた。

「ただいま」

今日も出迎えはない。鼻をつく焦げ臭い匂い。キッチンの方からは、パチパチと油がはねる音が聞こえてくる。

またやってるのか。

見られたくなさそうにしていたので、洗面所からソファーへと迂回する。冷蔵庫を開けながらちらっと様子を確認すると、真剣な顔つきでフライパンを振っている葵の姿が目に映った。ゴミ箱には、空になった卵のパックが溢れんばかりに押し込まれている。

とてもじゃないが、上達しているようには見えない。

居ても立ってても居られなくなり、キッチンへと歩みを進める。葵は疲れ切った表情で、虚な視線をフライパンに向けていた。

「うまくいかないようなら、レシピとか作り方とか調べてやったほうがいいんじゃないか？」

葵は俺を上目遣いに睨み、激しく首を横に振る。

「……違うんです」

「何がだ？」

そう言って、押し黙ってしまう葵。俺はスマホを操作し、ＹｏｕＴｕｂｅで「簡単」「だし巻き」「作り方」と検索し、ずらりと並んだ動画の一覧を葵に見せた。

「ほら。どれだけ不器用でもだし巻きが作れる方法を、偉大な先人たちが残してくれている。頑張っているのは分かるけど、このまま闇雲に作って炭を量産し続けても埒が明かないし、こういうものの力を借りるのは全然恥ずかしいことじゃないぞ」

葵は焦げ臭い匂いに怪訝な表情を浮かべ、フライパンの中にあるおよそだし巻きとは思えない物体を覗き込んだ。そして、俺の手の中で流れるスマホの映像に視線を移す。

「ほら、貸してやるから。これ見ながらやってみな」

葵の手の中にスマホを握り込ませると、葵は口を結んだまま静かに映像を見始めた。

「とりあえず卵の材料の配合からだな」

そう言って俺がボウルを準備しようとすると、葵が訴えるような目線で俺の動きを制する。

「……自分でやります。やらせてください」

「いや、でも……」

「お願いします」

……そこまで言うのならと、俺は一旦ソファーに座り、待つことにした。

時計を見る。既に夜の十時を回っている。深々と背中を預け、目を瞑る。スマホがないので、手持ち無沙汰だ。テーブルの下に置いていた漫画を手に取り、ページを開く。しかし、情報が頭に入ってこない。

眠い。腹減った。

そう力なく腹の中でつぶやいた途端、俺の意識は途切れた。

夢を見た。悪い夢だった。

俺は卵になっていた。ボウルの中で出汁と水、醬油に砂糖を注がれ、箸でガシガシとかき混ぜられる。

熱せられたフライパンが視界に入る。油が沸々と弾け、煙が出ている。ダメだ。温度が高すぎる。このままじゃ……。

無情にも勢いよく注がれた俺は、悲鳴を上げながらフライパンの上でぶつぶつ気泡を作り、あっという間に底に焦げついた。

やめろーっ！

旨味も、食感も台無しになり、炭へと成り果てていく体。気がつけば俺は汗だくになり、ベッドの下で呻いていた。

「夢か……」

安堵のため息をついた俺は、時計を見上げる。十一時半。あれからそれなりに時間が経ってしまった。

キッチンへと向かうと、作っている途中で力尽きてしまったのか、壁にもたれかかるようにして座ったまま葵が寝息を立てている。焦げ臭い匂いはなく、シンクの中には皿と箸が置かれていた。

真っ黒になって捨てられていないということは、それなりに形になって試食をしたのだろうか。成長の跡が見えて、安堵する。

彼女をソファーに運ぶと、そっと体にブランケットを掛ける。俺は眠い目を擦りながら、傍で彼女の寝顔を見つめ続けた。

✧

「お先に失礼します」

まだフロアに残って作業をしている同僚たちに一礼をし、ロッカールームにノートパソコンを仕舞って鍵をかけ、オフィスを後にする。

最寄りの駅まで歩き、すぐに入線してきた電車に乗り込み、吊り革に摑まる。

晩飯、どうするかな。

ここのところキッチンには足を踏み入れられないし。買って帰って来ても、葵は口にしない。かと言って、自分だけどこかで食べて帰るのも気が引ける。

結局帰りにコンビニに寄り、弁当を買って、マンション前の路地まで戻って来た。

すると、前方から見慣れたワンピース姿が歩いてくるのが視界に入る。

もしかして……葵か？　目を凝らすと、両手に大きな買い物袋を抱えて、顔を歪ませているのが見えた。

「こんな遅い時間に買い出しか？」

不思議に思って葵に尋ねる。しかし、袋の中身を見て俺はぎょっとした。

「……買い出しではないです。買い足しです」

全て卵。店の在庫を買い占めたのかと思うくらいの量だ。

「こんなにたくさんどうしたんだ」

俺が驚きながら尋ねても、葵は何も答えず。必死で買い物袋を抱えながら路地を進んでいく。

「落としたらどうするんだ。いいから、半分貸せ」

半ば強引に葵の右手から買い物袋を一つ奪い取ると、二人で並びながら俺たちは部屋へと戻った。

シンクの三角コーナーは溢れんばかりの殻の山。まな板の上には形の崩れたものや、焦げついただし巻きの残骸が溢れかえっている。

「お前……ずっと作り続けてたのかよ」

ここまで来るともはや執念を感じる。俺があっけに取られながらスーツを脱いでいると、追加購入してきた卵を抱えた葵がキッチンに立ち、フライパンに油を塗って火を入れ、慣れた手つきで出汁と卵、醤油を調合してかき混ぜ始めた。

「だいぶ板についてきたな？」

俺がそう問いかけても、葵は真顔のまま集中していて反応しない。

フライパンに卵をかき混ぜた箸を少し滑らせて、ジュッと線を引く。温度を確認したのか、半分ほどの卵液を投入して、忙しなくかき混ぜ始めた。

卵に火が通り、固まっていく。フライパンを傾け、箸でくるくると巻こうとするが、破れてしまって上手く巻けず。結局不恰好な玉子の塊ができ上がってしまい、葵はふうと苛立ち混じりのため息をついてそれを直接ゴミ箱へと捨てた。

「勿体無いな。失敗したのでもいいから、俺食べるぞ」

俺がそう提案すると、葵に「だめです」とバッサリ切り捨てられた。

そこまでこだわるのなら、仕方ない。俺が見ていて集中を乱すのも悪いので、とりあえずシャワーを浴びてくることにした。

髪を洗い流しながら俺は漫然と考えていた。

葵のやつ。そんなにお金を持っているわけでもないのに。あそこまでしてだし巻きを練習することにこだわる意味は何なのだろうか。

以前、葵がサイゼリヤで口にしていた言葉を思い出す。

料理はコスパが悪い。わざわざ作る意味が分からない。

ここ数日の彼女は、その考え方とは真逆の行動を続けている。ということは、あの夜の葵と、今の葵は変わったということなのだろうか。

脱衣所で髪と体を拭いて、寝巻きに着替える。キッチンから焦げ臭い匂いが漂ってくる。

また失敗したのか？　と彼女の様子を覗き込むと、神妙な顔つきでスマホの動画に目を凝らしていた。

闇雲にやらず、作り方もちゃんと調べてやってるんだな、と俺は感心する。しかし、やはり手先の不器用さが災いしてか。卵を巻いていく段階でなかなか思ったようにいかず、苦労しているようだ。

俺は葵の後ろを通り抜けて、ソファーに腰掛けた。

下手に励ましたりするよりは、葵を信じてじっと待つべきだろう。そう思った俺は、スマホをいじったり漫画を読んだりして時間を潰すことにした。

葵の挑戦は、妥協なく続いた。気がつけば時計は十二時を回り、仕事の疲れもあって俺は微睡んでいた。

うとうとしていて、夢と現実の世界を行き来していた。ふと、甘い匂いが鼻に優しく馴染んで、俺は目を開けた。

目の前には、皿に盛られた……綺麗な形をしただし巻き卵が置かれていた。

顔をあげると、テーブルの向こう側に疲れ果てた表情をした葵が膝を崩して座っている。

「できたのか」

俺が感嘆の声を上げながら尋ねると、葵はうんともすんとも言わず。ぼんやりとしていた。

「綺麗にできてるじゃないか。食べてもいいのか？」

葵は力なく頷く。俺は皿の前に置かれた箸を手に取って、「いただきます」と卵に口をつけた。

……うまい。

出汁も利いてるし、甘みもちょうどいい。作り始めた最初の頃を思うと、ここまで上達できたのは大したものだと思った。

「すげえじゃん。無茶苦茶美味しいぞ、これ」

あっという間に平らげて、「ご馳走様」と箸を置いた。空腹以上に、心が満たされた感覚になって、俺は微笑んだ。

しかし、葵の様子がおかしい。せっかくこれだけ上出来なものができたのに。頑張りすぎてしまったのか。魂が抜けたようになっている。

「どうした？　体調でも悪くなったのか」

俺が尋ねると、彼女は力なく首を横に振る。

「本当に、うまかったぞ。冗談抜きに、今まで食べてきただし巻きの中で一番かもしれない」

お世辞とか抜きに、正直に思ったことを葵に伝える。しかし葵は喜ぶわけでもなく。心配になった俺は、葵の顔を覗き込みながら「大丈夫か？」と問いかけた。

すると、葵の目からさらりと一筋の涙が頬を伝い。あっという間に目が潤んで唇をぎゅっと結んだ。

「違うんです」

葵がそうぽつりと言い、涙声でえずき始める。

「違うって……何がだ？　こんなに美味しいのに」

俺が不思議そうに答えると、彼女は止めどなく涙を流しながら続けた。

「私が作りたかったのは……おばあちゃんの味なのに。どうしてもその味にならなくて……」

拓海さんに食べてもらいたかったのに。そう言って葵は顔を覆いながらがっくりと項垂れた。

「おばあちゃんの味？」

そう言うと、葵は力なく頷く。そして、ぽつりぽつりと語り始めた。

「子供の頃、おばあちゃんがよくだし巻きを作ってくれたんです。味付けを変えたりアレンジしたりとかは全くしなかったのに、ずっと食べ続けても飽きないほどで、毎晩楽しみにしていました。砂糖多めで、中は半熟。表面はちょっと焼き目がつくほどさっくり。それがおばあちゃんの味なんです」

「それで……作ろうとしてたのか。作り方とかは教わらなかったのか？」

葵はかぶりを振った後に、「私は食べる専門でしたから」と悪びれずに言った。

「おばあちゃん、すごくこだわりが強い人で。調理器具やキッチンのレイアウトとか、調味料の銘柄、食材の管理に至るまで全て自分流。私が勝手に触ろうものなら、飛んできてお尻を叩かれましたね。作り方を教えるなんてもっての外です。気が散るからって、そばで見ていられるのも嫌う人でしたから」

　子供の頃におばあちゃんと料理を一緒に作ったほっこりエピソードかと思いきや。でも確かに葵のおばあちゃんっぽいなあと妙に納得する。

「それは分かったけど……何でお前はそこまでして、おばあちゃんの味にこだわっていたんだ？」

　葵は懐かしそうに目を細める。

「おばあちゃんが言ってたんです。料理は人の心を繋ぐ力があるって。私が中学生の時に、おばあちゃんがおじいちゃんと結婚した時の話をしてくれたんです。二人は親同士が縁談を進めたお見合い結婚で、最初は話も合わず、なかなか打ち解けられなかったらしいんですけど。ある日、食卓に出したのが、肉じゃがだったそうです。強面で無口なおじいちゃんが、一口食べた後にすごく嬉しそうな顔をしたのを、おばあちゃんは見逃さなかったらしいです」

「大好物だったんだ？」

「美味しかった？　って聞いたら、何度も頷いてくれて。無愛想だし、感情を表に出さないおじいちゃんと結婚したことをすごく後悔していたらしいんですけど、これがきっかけでこの人が喜ぶ姿をもっと見たいって思うようになったらしいんです」

　胃袋を摑む、とはよく聞くが。おばあちゃんにとっては、毎日の料理がおじいちゃんとの大切なコミュニケーションだったんだな。それを聞いて、俺はここのところの葵の行動が腑に落ちた。そうか。葵が作りたかったのは、普通に形が綺麗で、美味しいだし巻きじゃなかったんだな。

「お前……随分と怒ってたからさ。それが、急に必死でだし巻きを作り始めただろ？　不思議に思ってたんだ」

葵は表情を曇らせて、俺に潤んだ瞳を向けた。

「あの時は――指輪とか、式とか、婚姻届とか……拓海さんが外から見た結婚っていう形にばかりこだわるのが、まるで私っていう捨て猫を拾った責任を取ることに必死になっているように見えて、すごく悲しかったんです。でも……今のままの、何もしない方がいいって言い訳している自分が、そうさせてしまっているんじゃないかって。だから、拓海さんが喜ぶことって何だろう。妻として、夫のために何をすべきなのかって考えた時に、おばあちゃんのだし巻きしかないって気がついたんです」

葵は息をゆっくりと吐いて、悲しげに肩を落とし、手で涙を拭った。

「でも、やっぱりだめでした。結局おばあちゃんの味は私には作れなくて。それが悔しくて……」

俺はソファーから腰を上げ、葵のもとに行き、声を掛けた。

「いいよ。おばあちゃんの味じゃなくても。お前が頑張って作ってくれただし巻き、美味しかったぞ。俺はお前の味が好きだから。それで十分だろ？」

すると、葵は安心したように微笑む。

久しぶりに、こうして顔を合わせて、笑顔になれた。

——人の心を繋ぐ。葵がやりたかったこと。雲を摑むようだった夫婦という感覚に、俺たちは一歩近づいたような気がした。

✧

ふわふわした毛並み。ビー玉のような澄んだ目。ぴんと伸びる白い髭。

ガラスのケースの向こう側できょとんと座るスコティッシュフォールド。葵は膝を丸め、まるで子供のようにまじまじと子猫の挙動を見つめ続けている。

「穏やかでしつけがしやすいから、飼いやすい品種らしいぞ」

隣で俺が事前に調べた知識を葵に披露するが、そんなことはお構いなしと言わんばかりに、無心になって猫との意思疎通を図っている。

週末のペットショップは、若い夫婦や子供連れで賑わっている。ここは猫専門で、猫カフェなどにも数多く卸している有名店らしい。

スコティッシュフォールドとの顔合わせが終わったのか、次は隣のケージにいるアメリカンショートヘアに目が移る。

葵のやりたいことリスト。猫。子供を授かる代わりに、葵は猫を迎えることを望んだ。

「私は猫に生まれたかった」

やっと口を開いたかと思えば。その言葉は、ため息と共に淡く出てきた。

「おい。お前は飼うんだろ。どの子を迎えようか、悩んでたんじゃないのか。この数十分間、何を考えていたんだ？」

葵は悩ましげに口を結びながら、愛おしそうに子猫の顔を見つめた。

「私は、どうして猫が好きなんだろうって、ずっと考えてました。でも、気がついたんです。わたしはこの可愛い子猫たちと一緒に暮らすことで幸せを感じたいんじゃない。私がこの子たちのように生きたいからなんだって」

一体何を言っているんだ。葵の言っている意味がよく咀嚼できず、俺は頭を掻きながら猫のケージの前に表示されている値段を見比べた。

二十万。三十万。そこそこのお値段するな。でも、この子たちの命の値段だと思えば、決して高いとは思わない。

「……で、結局どうするんだ。猫を飼うのか、猫になるのか」

冗談混じりに葵に問いかける。しかし彼女は深く皺を眉間に刻み、煮え切らない様子で言葉を絞り出した。

「とりあえず。保留で」

「猫になるという選択肢、残すんかい」

結局何も決まらないままペットショップを後にする。時刻は昼の二時過ぎ。いつの間にやら雨は止み、陽が差してきていた。

「帰りにちょっと区役所寄るからな」

俺がシートベルトをしながらそう告げると、葵がもじもじしながら答えた。

「私、トイレに行きたいんですけど」

「おいおい。さっき行っておけよ」

今更トイレを貸して欲しいと戻るのは流石に気まずい。エンジンをかけてアクセルを踏んだ俺は、呆れながら葵に問いかけた。

「区役所すぐ着くから。それまで我慢できるか？」

「辛抱します」

そう言いながら、真顔になってどこか一点を見つめている葵。ちっとも大丈夫そうじゃねえ。急いでハンドルを切った俺は、隣でごそごそと動き回る葵の様子を気にしながら、どうにか区役所へと車を乗り入れた。

「着いたぞ。俺は用事を済ませてくるから、お前はスッキリしてこい」

いそいそ車を降りた葵は、小動物のようなちょこちょことした小走りで役所内に入っていく。中に入ってすぐにインフォメーションでトイレの位置を尋ね、キョロキョロしながら走って行った。

こうして客観的に見てると可愛らしいし、愛嬌もある。

俺は微笑ましさを感じながら窓口へ行くと、目当ての書類を取得し、区役所のすぐ外で葵を待った。

するといつまで経っても葵がなかなか外へ出てこない。

不審に思い中へ戻ると、インフォメーションにも、トイレ付近にも葵の姿は見当たらない。

もしや体調を崩して、トイレの中で倒れているのか？

不安になり、急いで女子トイレの入口へ向かうが、流石にここから先に足を踏み入れるわけにはいかない。

インフォメーションに戻って中を見てきてもらうか？　いやその前に、もう少し周辺を捜索してみよう。

再び総合案内所へと戻ると、どこからか子供の笑い声が聞こえてくる。

少し歩くと、キッズスペースの中に葵を見つけた。二歳くらいの小さな男の子と戯れていた。

「おい。その子はどうしたんだ？」

すっかり懐いている様子の男の子が、葵に抱きついて心配そうな目で俺を見つめる。

「拾いました」

「馬鹿言うな。どうしたんだ？」

冗談を言ってはぐらかしていた葵だが、やがて表情を曇らせながら言った。

「役所の書類に一人でお絵描きしていたので、初めは怒ろうかと思って声を掛けたんです。

でも、お父さんやお母さんは？　って聞いたら、お父さんはいない。お母さんはずっとお話ししてるって言うんです。役所の人にお願いして迷子のお知らせの放送をしてもらっても、迎えに来ません。今お母さんの顔を知ってる役所の人が捜しに行ってくれているので、私が遊んでいます」

ああ、そういうことか。しかし、この子の親はこんな小さな子を放ったらかしてどこで何をしているのだろう。

「お前……本当に子供好きなんだな」

「遊ぶのはですよ。育てるのは多分向いてません」

「何でだよ」

「一緒にいたら分かりませんか？　私、自分のこともまともにできないのに、人の面倒を見ることなんてできるわけないじゃないですか」

意外と自分のこと分かってるんだな。その上であれだけ気ままに振る舞えるのもどうかと思うが……。

数分後。役所の職員さんに連れられた茶髪の女性がやってきた。顔はバッチリとアイメイクをし、つけ爪に派手なネイルを施している。

「あ、レオくんだ。やっほー」

女性は子供の姿を見つけると、気の抜けた声で笑いながら手を振った。

ヤッホーじゃねえ。少しは心配しろよと呆れつつ、とりあえず様子を見守る。

「あっママだ」

子供はママの顔を見つけると、葵の手元を離れ、嬉しそうに頬を緩めながら向かっていく。

「遊んでもらってたの。よかったねー」

職員の人も、ほっとした顔をしてその光景を見つめている。

俺はどこかもやもやしながらも、親も見つかったし、とりあえず良かったな、と胸を撫で下ろしていた。

「……ちょっと待ってください」

そう言って母親を呼び止めたのは、葵だった。顰めっ面でキッズスペースから靴を履いて出て、つかつかと母親に向かって行く。

「なんでこの子見失ったんですか？　何をしていたんですか」

母親は怪訝そうな顔をしながら、渋々答える。

「何？　こども課に用があって来てて、そこでママ友に会ったから、お話ししてたの。そしたらこの子知らない間にいなくなってて」

「放送は聞こえましたよね？　何ですぐに迎えに来てあげなかったんですか？」

母親はますます不機嫌そうになって、葵を睨み返す。

「いつものことなの。どうせどこかで遊んでるし。今日だって、こうやって見てくれてたじゃん。だから大丈夫だと思って」

それを聞いて、葵はついに青筋を立てて怒り始めた。

「知らない間に？　自動ドアを二つ抜けて、すぐ外は駐車場ですよ。車に轢かれたらどうするんですか。それに、子供を連れ去る人間だっています。無責任じゃないですか」

するとと今度はギャルママが葵に摑みかかるようにして食って掛かる。

「はあ？　シンママは大変なの。少しぐらいおしゃべりしたくなる気持ち、あんたには分からないでしょ！」

職員さんが慌てて二人の間に入るが、頭に血が上った葵はその手を押し退けてまだ母親に向かってまくし立てる。

「この子の身に危険が及ばないようにするのは親の役目じゃないんですか？　大変だって？　だったら最初から親になんてなるべきじゃありませんよ」

「何？　今更この子をお腹の中に戻せとでも言うの？　バッカじゃねーの！」

騒然とする役所内。俺は葵を止めようと後ろから羽交締めにするが、暴れて手がつけられない。

辺りから続々と職員さんたちが集まってくる中、葵の動きがぴたりと止まった。

レオくん、と呼ばれていた男の子が、母親の前に立ち塞がっている。そして、葵に向かって声を震わせた。

「ねえ……お願い。ママをいじめないで」

静まり返る周囲。すると葵は小さく腰をかがめ、「ごめんね」とその子に謝ると、出口に向かって一目散に走り始めた。

「おい、待てよ」

俺は慌てて葵を追いかけて、駐車場内を走った。一瞬姿を見失って焦ったが、俺の車の陰でうずくまっているのをすぐに見つけ、安堵した。

俯いていて、顔は見えない。泣いているのか。

その小さくなった背中を見つめながら、俺は不覚にも愛おしい気持ちになっていた。

こいつも、色々あったんだろうな。

出会ってから、彼女の親にまつわる話を聞いたことはない。話題に上がるのは、祖母との思い出ばかり。それだけでも、複雑な環境で育ったことは想像に難くない。

だからこそ、あの母親のことが許せなかったのかもしれない。でも、やっぱり他人の子だ。口出ししたのはいいこととは思えないけど、俺は葵の気持ちが痛いほど分かった。

ゆっくりと彼女に近づいていき、精一杯優しく声をかける。

「……とりあえず、帰るか」

彼女は黙って頷き、しゅんとしたまま車に乗り込んだ。


車の中で葵は、終始無言だった。

カーステレオから流れる、ブルーハーツ。人にやさしく。中学時代から耳が擦り切れるほど聞いたナンバーだ。

俺は、ハンドルを握りながら、ずっと自分の気持ちが腹の中を巡っていた。彼女の痛みに寄り添いたい。力になりたい。そのために、何をしたらいい。どう声を掛けたらいいのだろうか。

部屋に戻ってきて、靴を脱ぐ。

しかし葵は、薄暗い玄関で立ち尽くしたまま動かない。

彼女の横顔を見る。自分を責めているのか、ぎゅっと唇を結んだまま。虚な目をしている。

「あの子を傷つけたのは、私の方だったんですね」

やがて、そう呟いた。俺に向かって言ったのか。自分に言い聞かせたのかは分からない。

その光景を見て、俺の感情が濁っていく。

どうして葵が、ここまで傷つかなければいけないのか。

瞬く間に、怒り——悲しみ。そして、切なさが心の中を巡っていく。

そして俺は衝動のままに、居ても立ってもいられなくなって——気がつけば、葵をこの胸に強く抱きしめていた。

「お前は間違ってないよ」

驚いているのか、少し硬直した様子の葵が、落ち着きなく背中に回した手を動かしている。

「いいか。あの子にとって、ママは大事かもしれない。でもやっぱり、子を守るべき親として、あの母親がやったことは許されることじゃない。だから、お前は間違っていない。俺に……もしもお前みたいに勇気があったら、同じことを言っていたと思う。よく言った。だからもう、自分を責めるな」

胸の中が熱くなる。葵が俺の背中に回した腕に、ぎゅっと力を込める。

やがて感情が溢れたみたいに、葵は泣き始めた。

俺は彼女が落ち着くまで、そのまま手を離すことなく、彼女の気持ちを受け止め続ける。

しばらくして、ようやく気落ちが穏やかになったのか。彼女が俺の耳元で、ぽつりと言葉を溢した。

「……オキシトシン」

「え？」

俺が聞き返すと、葵は俺の手をぎゅっと握る。

「私、子供の頃から負けん気が強くて。しょっちゅうクラスの子と喧嘩して……いつも家に帰るとこんな風に、おばあちゃんに慰めてもらってたんです」

俺は頷きながら、彼女の話に耳を傾ける。

「私は悪くないのに。どうして怒られなくちゃいけないのかってぐずる私を……おばあちゃんはいつも、腕の中でひたすら抱きしめてくれたんです」

葵はゆっくりと顔を上げて、壁に貼ってある紙の方に視線を向けた。

「オキシトシン。別名幸せホルモンといって、人の温もりを感じた時に脳内に発生する物質らしいです」

「……これが？」

「そうです」

温もりか。言われてみれば、俺の心も、不思議と穏やかで、心地よくなっている。

「おばあちゃんみたいにはできないかもしれないけど……俺でよければ」

いつだってこうしてやる。控え目にそう呟いた俺の顔を、葵は少し照れ臭そうに見上げる。

「代わりじゃないですよ。私が今欲しいのは、この温もりなんです」

求められること、受け入れること。

存在が──安心できる、栄養素みたいになっていること。

こうして触れあうことで、俺たちは夫婦のようになれている。

彼女の温もり、匂い、感触が──そう教えてくれているような気がした。

✧

「それ、何て映画だ？」

週末。生憎の雨で、今日は家でのんびりすることになり、葵はいつものように古い映画を観始めた。

「『転校生』ってやつです」

「どんな映画なんだ？」

「少年少女が階段から落ちたのを機に互いに人格が入れ替わってしまう、という話です」

葵は俺のソファーに座っている。こっちの方がテレビが見やすいからだそうだ。俺は隣に腰掛け、途中からではあるが画面の中の物語に見入った。

「古い映画は、おばあちゃんの趣味か？」

葵は肯定も否定もせず、じっと画面に目を凝らしたまま答える。

「うちのおばあちゃん、映画にはうるさいんです。だから、おばあちゃんが勧める映画にはずれはありません」

葵が持ち込んだ映画のＤＶＤは、いずれもどこかでタイトルを聞いたことがある昭和の名作ばかりだ。

「面白いのは分かるんだが。同じのを繰り返し観てて、飽きてこないのか？」

別に悪く言ったつもりはないのだが。葵は少しむすっとして、口を尖らせた。

「飽きません。映画というのは、一度完成してしまえば映像自体は変わることはありませんが、観る人間によって、感じ方が変わっていくんです。祖母は若い頃、映画を観ながらいつも怒っていたそうですが、人生経験を積むにつれて、同じ映画でも全く違う感想を持つことに気がついたって言ってました」

なるほど。思春期の恋物語も、主人公たちと同世代の頃に観れば共感しながら観るかもしれないし、大人になってみれば彼らの親の立場や、教師としての立場になって考えながら観るからなのかもしれない。

「映画は観る人を映す鏡なんです。だから、今日の私がこの映画をどう感じるかを楽しみながら観ています」

　今の俺は、どうなんだろう。俺は葵の言葉を体に染み込ませながら、小一時間ほど物語の世界に浸った。

「面白かったですか？」

　エンドロールが流れ始めた時に、ずっと黙っていた葵が水を向けてくる。

「そうだな。面白いかどうかというより、今俺が生きているこの世界にはないものがたくさん詰まっている気がしたな」

　人間も、環境も。そしてもちろん、変わらないものだってある。

「他にもありますよ。この映画と同じ監督で、同じ広島を舞台にした映画。尾道三部作って呼ばれているらしいです」

　広島……か。

「何か不穏な顔をしてますね。嫌な思い出でもあるんですか？」

「いや、何でもない」

　不思議そうな顔をして俺の顔を見つめた葵が、やがてエンドロールに視線を戻す。

「行ってみたいなあ」

独り言のように葵が呟く。所謂聖地巡りってやつか。しかし俺は彼女のささやかな願望よりも、現状を憂えて心配する気持ちの方が勝った。

「お前、大丈夫なのか。遠いぞ、広島は」

ここのところ葵は体調が良くない。定期的に通院はしてはいるものの、気分が悪くて一日中寝ていたり。高熱が出て俺が病院に付き添い、点滴を受けることもあった。

逆に俺は安定している。仕事はセーブしているし、医師の言う通りに食事に気を遣って免疫力を高めたり、服薬をしているおかげで余命およそ八ヶ月とは思えないほど日常生活が送れている。

「尾道に、猫の細道というところがあるんですよ。無類の猫好きとしては外せないスポットなので、死ぬまでに一度は訪れておこうかなと」

「結局猫かい」

スマホで猫の細道を検索してみる。風情のある細い坂道や階段。そこには野生らしき猫がわらわら。確かに猫好きには垂涎ものだな。

「行きます。絶対に行きます」

そう言いながら、ソファーを立とうとする俺の背中にのしかかってくる。

「行くって言うまで降りませんよ。観念してください」

「お前は子泣き爺か」

背中越しに感じる、葵の柔らかい肌の感触と、熱っぽさ。だし巻きの件をきっかけに、葵はことあるごとに俺にこうして戯れてくるようになった。人懐っこい猫のように。

不思議議と俺も、彼女のこの温もりを拒まなくなった。

気がつけば――彼女と共に暮らし始めて、はや数ヶ月。

そういえば、二人の間に存在した養生テープの国境線はすっかり曖昧になり、互いにお構いなしに自由に行き来している。

「せめて、もう少し涼しくなってからにしたらどうだ」

宥めるように、背中の葵に問いかける。季節は初夏。日中外を歩けば、肌を焼くような日差しと蒸し暑さは避けられない。写真を見ても、階段などは体力がないと厳しそうだし、熱中症にでもなったらそれこそ猫と戯れるどころではないだろう。

黙り込む葵。彼女の胸の鼓動と、肺に空気を吸い込む感覚が、背中越しに伝わってくる。

「たとえその道中で倒れても、私は後悔しませんよ。それが、私が今を生きた結果なら」

お前はよくても、俺はどうなるんだ。と突っ込みたくはなったが。こうして二人で夫婦として暮らすまでに至った経緯を考えると、俺は彼女のやりたいことに口を出すべきではないと思った。

「……じゃあ、どうやって行くか。考えなくちゃいけねえな」

色々と問題は山積みだ。ここから広島までの移動手段は飛行機になるだろう。俺はともかく、今の葵の体は気圧の変化に耐えられるのだろうか。

それに、現地に到着できたとしても。道中で体調が悪化した場合にどう備えるのか。葵はそこで倒れてもいいと言っているが、あまりに無謀な計画は組むべきではないだろう。

俺が神妙に考えこんでいると、葵がおちょくるように髪の毛を指先でわしゃわしゃしてくる。

「で。いつ行きますか？」

俺は葵の手を優しく払い除けながら、「そう簡単には決められないだろ」と窘める。

「はあ。難しく考えてたら、決まるものも決まりませんよ」

葵は俺の正面に回り込み、指を三本立ててにかっと歯を見せた。

「旅に出るのに必要なもの。肉体、好奇心。そして決断力ですよ」

要するに俺に早く決断を下せと。しかし、俺たちに明日や、近い未来というものが存在するという保証がないのは事実だ。

目の前で微笑む葵の姿を見て、俺は腹を括った。

「明日、有休申請してくるよ。来週の頭には出発できるように、準備をしろ。いいな」

「やたー！」

葵は子供のように嬉しそうに俺に抱きついてきて、ハイタッチを交わす。そしてその場でキャリーケースを引っ張り出し、荷物を詰め込み始めた。

「おいおい。出発は早くとも四日後だぞ。気が早すぎじゃないか」

「いいじゃないですか。備えは早めにしといて損することはないです。えーと、着替えに歯ブラシ、化粧品と櫛、漫画、ブルーレイ、スイッチ……」

「待て。後半からの三つはいらねえ。置いていけ」

「何でですか。移動中暇じゃないですか」

「家でもできるものは置いていけ。それに俺らは病身なんだから、荷物は必要最低限だ」

それを聞いた葵は訴えかけるような視線を俺に向けながら、スイッチを指差した。

「私の牧場が……」

「帰ってからやれ！」

「じゃあ、この枕は持っていきますね。これじゃないとぐっすり眠れないんです」

「お前しょっちゅう俺のソファーでも丸まってグースカ寝てるだろ」

旅行には行きたいが、この部屋で過ごすのと同じ環境をどうしても維持したいらしい。

「とにかく。ホテルにあるもの。いざとなったら現地でも調達できるもの。嵩張るもの。重いもの。全部禁止だ。分かったか？」

「えー」

「じゃないと連れて行かねえぞ」

渋々キャリーケースの中から詰め込んだ荷物を出し始める葵。同時に、俺はいつもの出張の要領でスマホで飛行機とホテルの情報を探し始めた。

この際安さとかはどうでもいい。とにかく快適で、体に負担の掛からないルートと宿を。

いくつか候補をピックアップしたところで、ふと手を止める。そういえば、明日は東日本トラベルとの打ち合わせが入っている。ニコにいい宿がないか相談するのも手か。

翌日。朝は珍しく雨がパラついていた。梅雨明け宣言が出て以降、初めての雨だ。傘を手に出社し、朝礼などを終えてすぐ東日本トラベル本社へと向かった。

気圧のせいか、頭痛がする。少し熱もあるか？　朝食後に病院から処方された薬を飲んだのだが、それでも治らない。

鞄を抱えながら電車を乗り継ぎ、息を切らせて駅のホームを歩く。ようやく取引先に着いた頃には蒸し暑さも相まってすっかり汗だくになっていた。

「お世話になります。ノワートルの瀬川と申します。広報のニコ……丸山二胡様をお願いいたします」

「畏まりました。すぐにお呼びいたしますね。お顔色が優れないようですが、大丈夫でしょうか？」

「はい。いつもこんな感じです。ご心配なく」

受付で背中を曲げて虚な目をしていると、対応してくれた女性社員さんにめちゃくちゃ心配されてしまった。

「お待たせ。二階の会議室まで案内するね」

しばらくして、ニコが顔を見せた。俺の様子を見て驚いた様子で、戸惑いながらエレベーターに乗り込む。

「ねえ、どうしたの？　調子悪いんじゃない？」

「平気だ。それより、今日は打ち合わせの他に相談したいことがあって……」

「別にいいけど。手短に済ませようか、今日は。すぐに病院に行きなさいよ」

汗を拭い続けたハンカチも湿りすぎて役目を果たせなくなった。席に座ると、はあはあと荒く息が漏れる。

「さあ、打ち合わせを……」

そう呟いた瞬間。体に力が入らなくなり、視界が歪んだ。


混濁する意識。頭の中でかき混ぜられるように再生される記憶。ゆっくりと水底へと沈んでいくように薄れていく自我。

ああ、これで終わりなのか。

その言葉だけが、はっきりと胸の中で響く。しかし、水面から差し込む光が眩しくて、顔を顰める。

その先に、何があるのかは分からなかった。でも俺は、浮力を取り戻した体と共に、光の中へと身を委ねる。

目が開いた。口の中の渇き。息苦しさ。

眩しさの正体は、シーリングライトの光だった。ここが病院の病室だと自覚したのをきっかけに、体のあちこちから刺すような痛みが襲ってくる。

「あっ」

傍に立っていた女性が俺の顔を覗き込み、小さな叫び声をあげる。やがて枕元のナースコールを押し、落ち着いた様子で先生を呼んだ。

葵か？　と思ったが、背が高いし、あいつがこんなに泰然としているわけがない。

「大丈夫？　すぐ先生来るからね」

その声を聞いて、ニコだと分かった。何でここに？　ああそうか。俺は取引先の会議室で意識を失ったのか。

「瀬川さん。具合はどうですか？」

担当の初老医がスリッパを引きずりながら歩いて来て、俺の顔を覗き込みながら尋ねてくる。

「見ての通りですよ」

皮肉っぽく返すも、先生は顔色ひとつ変えず「意識ははっきりしているみたいですね」と俺の瞼を開きながらぶつぶつと言った。

「手術をしたんですか？」

先生は首を横に傾けて、「いいや」と低い声で答えた。

「意識混濁の主な原因は臓器の機能低下による貧血ですが、免疫が落ちているのでしばらくは抗生物質を点滴投与しながら体力を回復させていきましょうか」

「……と、なると。しばらく入院ですか？」

「ええ。数週間は覚悟してください。腫瘍の転移による兆候かもしれませんので、精密検査も行っていきます」

ああ……と俺は動かない両腕を持ち上げて頭を抱えたくなった。

先生が病室を後にした後、傍でずっとその様子を見守っていたニコが怒りの混じった口調で俺を咎めた。

「どうして言ってくれなかったのかな。それも、末期がんだなんて……」

そうしてすぐに、目に涙を浮かべながら傍のシーツに手をつき、下を向いた。

「そりゃ……本当のこと言ったら、お前お節介だからさ」

「だから何よ」

俺は首に力を入れ、ニコから顔を背けた。

「もっと大切にしなきゃいけない存在がいるじゃんか。俺なんかに構っている時間はないはずだろ？」

ニコは俺が顔を背けた方向に回り込んで、俺の視線をがっちり捉えながら言った。

「私はね。大切な友人が目の前で倒れて、それでも家庭が優先だからって放ったらかしにできるような人間に育てられてませんから」

そう言って腕組みをすると、「あなたの職場には私から電話入れて事情を説明しておいたから」と続けた。

「……余命のこともか？」

「いいや、そこまでは言ってない」

俺はほっと胸を撫で下ろす。

「あと、入院に必要なものは取り敢えず揃えておいたから。下着、タオル、パジャマ、ブランケット、歯ブラシ、歯磨き粉、洗面用具。他に何かいるものあったら言って」

「ああ、ありがとう。悪いな、何から何まで」

自分の仕事や家庭のこともあるだろうに、ここまでしてくれたことに感謝と申し訳なさを感じる。

「もしマンションにいるものがあったら、鍵さえ貸してくれれば取って来られるけど」

鍵？　そうだ。葵……今どうしてるんだ？　俺が入院していることは知らないはずだし。

「ちょっと、俺のスマホ取ってくれないか」

ニコは俺が打ち合わせで持参していた鞄の中からケース入りのスマホを取り出し、俺に手渡してくれた。

「手、動かせるの？」

「ああ。だいぶ感覚が戻ってきたから」

ロックを解除する。ホーム画面を見て初めて、今が夜の八時だと知った。職場からの着信が三件。そして……未読のラインが五件。尾道に行くついでに、広島観光をしたいという文面と、宮島、原爆ドーム、本通り、大和ミュージアムの写真がずらりと並んでいる。

胸がずきりと痛む。だが、いずれは伝えなくちゃいけない。俺は震える指先で「旅行、行けなくなった。すまん」と入力し、送信した。

　すぐさま返信ではなく、着信が返ってきた。

　あたふたしている俺を見かねて、ニコがスマホを手に取り、画面を見つめる。その表情が、ほんの一瞬だけ曇った。

「はい。スピーカーにしといてあげたから。これで話しな」

　そう言って枕元にスマホを置いてくれる。だが俺は、そんなニコの気遣いのお陰でただでさえ悪い顔色がさらに青ざめていた。

「ねえ、どういうこと？　仕事？　仕事でしょどうせ。どうにかならないですか？　いや、どうにかしてくれませんか？　絶対にどうにかしてください」

　葵が電話口で捲し立てる。俺は思わず耳を塞ぎたくなったが、俺に責任があることは間違いないので、「すまん……」と力なく答えるのが精一杯だった。

「この人、仕事中に倒れて今入院しているの。だから、大目に見てくれないかな」

　その様子を見ていたニコが窘めるように言う。葵は明らかに敵意を剝き出しにして、

「誰？」と尖った声を出した。

「拓海の友人です。今は取引相手として一緒に仕事してて……」

「今どこにいるんですか？」

　食い気味に葵が尋ねてくる。ニコが病院の名前を告げると、すぐに通話は切れた。

「私はお邪魔みたいだから帰るけど。ここ、本社の目の前だからまたお見舞いに来るね。彼女さんによろしく言っておいて」

笑顔で手を振って去っていくニコ。静まり返る病室の中でふと我に返った俺は、点滴に繋がれた左腕と、チューブが差し込まれた下半身をぎこちなく動かしながら、どうにかして上体を起こした。

葵の方から連絡は入れてくれたみたいだが……部長には電話を入れておかなければ。何度もコールするが、出ない。仕方なくショートメールを送り、鞄の中からノートパソコンを取り出して起動した。

メールのチェックと返信。今後の引き継ぎを文書にまとめて送信し、営業の同僚に電話を入れた。

「もしもし。瀬川だけど……」

それからは担当する取引先にお詫びと今後の引き継ぎを行い、全てを終えた頃にはヘトヘトになっていた。

ノートパソコンとスマホを枕元に置き、体を横たえる。体を蝕む頭痛と、疲労感と倦怠感。楽になりたくて、このまま少し眠ってしまおうかと目を閉じた矢先。病室のドアが荒々しく開いた。

「何をやってるんですか」

立っていたのは、Tシャツにパンツ姿というラフなスタイルの、葵。仁王立ちして、俺の顔を睨みつけていた。

「ああ。ちょっと仕事中に具合が悪くなっちまって。ただの貧血みたいだから、そんな大ごとじゃないから」

　俺が言い訳を必死で並べていると、険しい表情をしたままの葵がベッドに近づいてきて、傍に立つ。

「本当ですか？」

「ああ。手術は必要ない。ちょっと入院はしなきゃいけないけど」

「……旅行は？」

「それは……どうだろうな。今後の回復次第だと思うけど」

　正直、退院してから行こうとは言えなかった。俺の体力は、葵と出会った頃より確実に落ちている。痛みを取り除くためのケアは行ってきたが、それでも体調が優れない日が増えた。今回のことで、ますます動ける力は少なくなるだろう。

　もう、今まで通りの生活は送れないかもしれない。分かってはいたはずだ。いずれこうなる日が来ることだって。それでも、どこかで俺はそんな現実とは無自覚に顔を合わせないようにしていた。だからこそ、ああやってわくわくしながら旅行の計画を練って――。

　俺は、ニコが来た時と同じように顔を背けていた。こんな情けない姿を、葵に見られたくなかったのかもしれない。互いに病気を抱えていれば、いつこうなってもおかしくはなかったはずなのに。本当に、プライドが高いだけの、ダメな人間だな。俺は。

　気まずい空気が病室を支配する。すると、俺の背中にふと体重がかかる。重くならないように、優しく覆いかぶさるように。

それは、あの温かい感触だった。

「ダメですよ。今、ここで——私より先に死ぬのは」

声は少しだけ震えていた。それを聞いて、俺は葵が怒っているんじゃなくて、動揺していたんだなと気づく。

「いや、死なねえから。俺の話聞いていたか？」

「だって。なんかもう死にそうな顔してるじゃないですか。今際の際ですよ、その顔は」

「さっきまで仕事の電話とか引き継ぎしてて疲れてるだけだから」

俺がそう答えると、安心したように葵がため息をつく。

そのまま静寂が続く。俺だって無念だ。二人の結婚生活。まだやり残したことはたくさんある。このままくたばってたまるか。

それと同時に、俺は決意した。もう残された時間が少ないのなら。俺がやりたいことだけをやるべきだ。

「俺、退院したら……もう仕事は辞める」

背中に寄りかかっていた葵が、驚いた声で聞き返す。

「本当ですか？」

「ああ。今回の入院で、担当していた取引先も引き継ぎして手が離れたし。身軽になったから、もういいかなって」

それは皮肉ではなく本心だった。やっと俺を縛り続けていた責任という縄が解け、目の前には抜けるような青空が広がっている気がした。

葵が背中から離れたので、寝返りを打つように仰向けになる。傍にちょこんと座る葵が、嬉しそうに微笑みながら俺の顔を見つめていた。

「じゃあ、ずっと一緒にいるってことですか」

「そうだ」

「じゃあ、昼も夜も。頑張ってご飯作らなきゃいけませんね」

「いや、そこは無理しなくても」

「何でですか？」

あれから葵のだし巻きは上達した。料理自体に慣れてきたのか、他のレシピも、失敗することはあるが、きちんとしたものを出せるようになってきている。

しかし、肝心の俺の胃がそれらを受け付けなくなってきつつある。

がんに胃が圧迫されているのか、食欲がなく、そんなに量も食べられない。

徐々に病魔が体を蝕んでいくという自覚。それも分かっていたことだ。病気と闘うことをやめた俺は、それらを受け入れ、上手に付き合いながら生きていくほかはない。

「あれ？　どうしたんですかこれ」

葵が紙袋に入っている着替えなどの荷物を見て不思議そうな顔をする。

「さっき電話に出た友人が準備してくれたんだ」

「へー」

また不機嫌そうになる。後々のために良からぬ誤解を深めてはならないと、俺は彼女との関係を整理することにした。

「もう一度説明するが、彼女は取引先の広報部の担当者で、たまたま打ち合わせ中に俺が倒れたから、色々と気を遣ってくれたんだ。分かったか？」

「ふーん。それだけで、ここまでしてくれますかね」

「……言っておくけど。彼女は既婚者だぞ」

「だからなんですか？　そんなのお構いなしって人もいるじゃないですか」

やけに絡んでくるな。普段は俺の会社関係のことについては全く興味がないくせに。

「あの人、また会うんですか？」

「そりゃ、取引先だからな」

「仕事辞めるって言ってたじゃないですか」

執拗に問い詰めてくるな。それより少しは俺の体を心配しろ。

「あいつは昔から知り合いなんだよ。ただの仕事のつながりじゃない。だから、ここまで心配してくれるわけ。分かったか？」

納得しかねる表情のまま渋々追及をやめた葵は、「牧場に水やりをしなくちゃ」と言い残して家へと戻っていった。

点滴に繋がれたまま過ごす真っ暗な夜の病院は心細かったが、これからはこんな日々が当たり前のように続くのだろう。慣れていかなければいけない。そう自分に言い聞かせた俺は、体の痛みと倦怠感をまといながら、じわりと眠りへと落ちていった。

✧

入院生活二日目。葵は朝の面会時間になってすぐにやってきた。

「おはようございます。これをどうぞ」

「おう。って何だこれ」

病室のベッドに横たわる俺に手渡してきたのは、いくつも束になった折り鶴……ではなく。

「鶴の折り方が分からなかったので、紙ヒコーキで作りました。早く治して旅行に行きたいなって思いも込めています」

むしろそれしか込められていないような気がするが……それでも一生懸命作ってくれた気持ちは嬉しい。

「ありがとう。後で飾っておくよ」

枕元にヒコーキの束を置く。そうして視線を戻すと、葵はベッドの脇に椅子を置いてゲームをし始めた。

「そういえば。持ってきて欲しいって頼んでおいたものは？　スマホの充電器とか、髭剃りとか、プライベートのノートパソコンとか」

「忘れました」

「おい」

まあ、忘れたものは仕方ないと思いつつ。だんだん減っていく充電を気にしながらスマホをだらだらといじる。

しばらくすると、葵がすっと立ち上がり、ポケットからゲームのケーブルを取り出して病室のコンセントに挿し込み、本体を充電し始めた。

「おい。自分のはちゃっかり持ってきてんじゃねえか」

「データが消えたら、せっかく進めた牧場ライフがやり直しになるじゃないですか」

全く悪びれる様子がない。いや、むしろ葵らしい。

仕方ない。明日また持ってきてもらうかと諦めかけていたら、もう一人面会者が訪れた。

「あら、こんにちは」

ニコの視線の先には、ゲームをする葵。ついに鉢合わせしてしまったか、と俺は頭を抱える。

葵は怪訝そうな視線を送りながら、背の高いニコの顔を目一杯首を伸ばして見上げる。

「妻です」

「……え？」

ニコが目を丸くして葵のことをまじまじと見つめる。

「ああ、紹介するよ。こいつは瀬川葵……今一緒に住んでるんだ」

　持ってきた花と荷物の入った紙袋を傍に置きながら、ニコが拓海に向かって口を尖らせる。

「瀬川ってことは、もう籍入れたんだ。いつの間に？　だったら教えてよ。水臭いんだから」

「いや、籍は入れてない。苗字はたまたま同じだっただけだ」

「ふーん。そうなんだ。そんなことってあるんだね」

　葵はひたすら顎を上げながら鋭い視線でニコのことを睨んでいる。そんなに敵意を剝き出しにするんじゃねえ。

「でもだったら、結婚するときに印鑑とか変えなくていいし、すんなり行きそうだね」

　とニコが微笑むと、葵は不服そうに首をぶんぶんと横に振った。

「もう、結婚してますよ。籍を入れるとか、印鑑とか、苗字を変えるとか。そんな必要ありません」

　こいつ、そういう考え方なんだよ、と俺がフォローをするが、ニコはキョトンとしたまま葵の方を見つめる。

「……事実婚ってことかな？　まあ確かにそういう考え方もあるね」

　そう言って袋の中からスマホの充電器を取り出し、俺に手渡してくれた。

「あれ？　なんで」

「どうせなくて困ってるんじゃないかなと思って。他にもいりそうなものは買い足してあるから」

　さすが。気が利くな。

「あと、フルーツ。食欲が出てきたら食べてね。それじゃ、この辺で」

　百貨店の袋の中には、生の桃とフルーツのゼリー。それだけ置いて立ち去ろうとするニコを、すかさず葵が追いかけて病室を出ていった。

　これって、いわゆる修羅場ってやつか。いやいや。ニコはとっくの昔に別れて彼女は別の人と結婚しているし。何もやましいことはない。

　それなのに、この不安は何だ。葵は何を聞きに行った？

　まさか取っ組み合いの喧嘩とかには発展しないよな？　と、あらぬ方向へと妄想が加速していく。いや、大丈夫だ。ニコは大人だし。どれだけ葵が煽ろうが、ニコが相手にしなければ事件は起きないはず。

　そして時間が経過する。二十分。三十分。そしてついに昼を回ってしまった。

　あれ？　二人ともそのまま帰ったのか？　と思い始めた時。不安げな顔をしたニコだけが病室に戻ってきた。

「おい。葵はどうした？」

「帰ったよ。それより、あなたさあ」

　明らかにさっきより険しい表情で、俺に問いかけてくる。

「本当にあの子で大丈夫なの？」

やっぱりそう来たか。

「何でそう思うんだ？」

「だって。あなた病気なんでしょ？　それなのに、全然あなたのこと心配したり献身的にサポートしようって姿勢が見えないし。もっとあなたの病気のことを知って、一緒に闘病してくれる人じゃないと、あなたのためにならないんじゃないの？」

一体二人の間でどんな会話があったんだ。結果的に、ニコが葵に対していい印象を抱かなかったのは確かだが。

「ああ、いいんだよ別に。俺は葵にそういうことを求めているわけじゃないしな」

ニコは珍しくヒートアップした様子で、身振り手振りを交えながら俺に訴えかけた。

「あなたが求めていなくても。自分からするのがパートナーとしての務めでしょ。私だって、旦那が深刻な病気になったら全力でサポートするし、必死で治療法とか調べて病気と向き合おうとするよ」

「違う。そうじゃないんだ。あいつは――」

俺はそこまで言いかけて、勝手に喋ったら葵に悪いんじゃないかと思い直し、口をつぐんだ。

「……私がお節介すぎるのかもしれないけどさ。このままじゃあなたが可哀想すぎて見ていられないよ」

ニコが怒りの混じった声を絞り出す。その目には微かに涙が滲んでいるのも見えた。

「いいんだよ。あいつはああいう奴で、そういうところが良いところなんだから」

もしかして、ずっと葵に説教してたのか。だからこんなに時間がかかったのか。ニコだったらやりかねないなあとため息をつく。

「あの子。あなたが退院したら広島に旅行に連れていくって言ってたけど、本気なの？」

俺は仰向けになったままゆっくりと頷く。

「そうだ。もともと行く予定だったし、これが原因で行けなくなったらあいつに悪いしな」

「何考えてるの？　ちゃんと治療しないと。手術したりとか、抗がん剤とか、他にも助かる方法はあるかもしれない。諦めちゃ駄目だって」

必死にそうやって言ってくれるのを見て、やっぱりニコと結婚してても、俺は幸せになれたんだろうな、と確信した。

「やめた。手術も。抗がん剤も。施すには遅すぎる段階だったし、余計に体を傷つけて残りの人生を苦しんで過ごす結果になるだけだって、先生が言ってたから。俺にはあと半年ちょっとの時間しかない。だから、あいつが俺と一緒にやりたいことは、きちんと済ませておきたいんだ」

ニコの顔を見る。悲しみと悔しさが入り混じった顔をして、薄く唇を噛んでいる。そうして大きく息を吸って、首を横に振りながら、「私はあの子のことは認められないから」と言って席を立った。

そうして、嵐は去った。喩えるなら、二つの嵐がぶつかり合って台風が発生したような感じだ。

どっと疲れた俺には、それから精密検査が待ち受けていた。内視鏡検査。ＣＴ。採血。その結果がん細胞が広範囲に散らばり、転移が見られると、診察室で先生に淡々と告げられた。

「そうですか。じゃあ、急がないといけませんね」

俺は自分でも驚くほど、冷静にその現実を受け入れていた。

「何をですか？」

「まだやり残したことがあるんです。体が動かなくなる前に……」

先生はカルテを見つめながら、「治療方針は今まで通りで構いませんか？」と念を押すように尋ねてくる。

俺ははっきりと頷き、「なるべく在宅で。元気に過ごせるようにお願いします」と先生に向かって頭を下げた。

午後の診療が終わると、再び葵が面会にやってきた。

「ずっと家に一人でいると暇なんです。遊びましょう」

持参してきたのは、トランプ。花札。ＵＮＯ。昨日持ってきてくれと言っていた荷物はまた忘れたらしい。もう持ってくる気ねえだろ。

「いや、今は勘弁してくれ。病院内を歩き回ってちょっと疲れた」

葵は不満げに頬を膨らませて、ベッドの傍らに座りながら俺のお腹に顔を乗っける。

「そんなことより。ニコとどんな話をしたんだ？　あいつ、えらい怒ってたけど」

葵は顔をこちらに向け、不満げに眉を顰めた。

「別に喧嘩売ったわけじゃありませんよ。あなたは拓海さんのなんですか？　いつ出逢ったんですか。どんな関係だったんですかって根掘り葉掘りしつこく聞いただけで」

「十分喧嘩売ってるだろ、それ」

ていうかそれってもしかして嫉妬なのか？　と思うと、こいつのそんな行動も何だか微笑ましく思えてくる。猫みたいなやつだし、俺が過去にどんなことをしていようが全く興味がなさそうに思っていたから。

「元カノだったんですね。あなた、仕事と言いつつ、人妻になった元カノとコソコソ会ってたんですね。ぶん殴っていいですか？」

葵が俺のカサカサになったほっぺたをペチペチと叩く。言っていることは何も間違ってはいないが、その言い方は著しく誤解を招くだろ。

「別にコソコソ会ってたわけじゃねえ。たまたま取引先として一緒に仕事する機会があっただけだ」

「私のことも話してたらしいじゃないですか。しかも妻だって言わずに、彼女的なっていう。なんか後ろめたい気持ちがあるんじゃないですか？　本当はあの人と結婚すればよかったとか。今でも気持ちが残っているとか」

俺は点滴の残りを確認するふりをして、至近距離で問い詰めてくる葵から視線を逸らす。

「何ではっきり否定しないんですか。この浮気者！」

　葵は怒鳴り散らしながらトランプと花札とＵＮＯを俺のベッドに撒き散らし、荒々しく病室のドアを閉めて去っていった。

　……ヒステリーだ。ていうか、さっきのは確かに明確に否定できなかった俺にも非があるな。

　点滴に右腕を固定されたまま一枚ずつカードを拾い集めた俺は、種類ごとに枕元に積み上げる。病気が重くなり、ニコに怒られ、葵にはヒステリーを起こされ。もう踏んだり蹴ったりだ……。

✧

　明くる日。葵は何食わぬ顔で見舞いにやってきた。

　ちょうど昼食が終わったくらいの時間。いつも通りのＴシャツ姿に、今日はサンダル。ベッドの横に椅子をセットして、特に会話を交わすことなくゲームをし始めた。

「お前がばら撒いて行ったやつ。集めておいたぞ」

　上半身を起こし、枕元に積み上げたカードを指差す。すると葵はゲームを一旦終了し、椅子の上に膝を揃えて正座し、俺に向けて頭を下げた。

「昨日はすいませんでした」

あんまり素直に謝るので、俺は拍子抜けしてしまい、「いいから早く頭上げろよ」と焦り始める。

上目遣いで顔を上げた葵は、恐る恐る「いいんですか？」と尋ねてくる。

「もういいから。普通にしてくれ」

頭を上げた葵だが、膝は崩さないまま。「ここのところ、家に一人でいると落ち着かないし。感情のコントロールが効かないんですよね」とこぼす。

「何だよ。お前猫のくせに。寂しいって感情があったんだな」

ちょっと意地悪くそうからかうと、葵は真剣な表情で腕組みをする。

「別に、初めからずっと一人だと問題ないんですけど。ずっとそこにいて、当たり前のように一緒に過ごしていた人が、いなくなる。部屋がすごく広く感じて、心に穴が空いたみたいになる。それを埋めるには、ここに来るしかないんですよ。不便ですねえ」

それを寂しいっていうんじゃないのかよ、と突っ込みたくなったが、何だか悩んでいる風なのであえて触れないでおく。

「で、不便って何だよ」

葵は俺の顔をじっと見つめ、瞳の奥に俺の姿を捉えた。

「不便です。不便になりました。私の心は。今まで通りに過ごせなくなりました。私という存在に、あなたというパーツが必要になって、それがないとうまく動けないんです。私気がつきました。結婚って、不便なんだなって」

それは、どう受け取ったらいいのだろうか。ざっくり解釈すると、俺のことを必要としてくれている、と捉えるべきなのか。

「と、いうことで。私今日からここに寝泊まりしてもいいですか？」

そう言って俺のベッドをぽんぽんと叩く。

「いや、駄目だろ」

俺がそっけなくそう答えると、「知っています」と肩を落とす。

何だろう。ここ最近葵に甘えられることはあっても、執着されるようなことはなかったから、どう接したらいいのか分からない。

「で、やけに素直に謝るにはそれなりに理由があるんだろ？」

俺が水を向けると、葵はあっけらかんとした顔で答える。

「時間が勿体無いからです。どう考えても私が悪いのは分かってましたから、さっさと謝って一緒に過ごす時間を大切にすべきかと思いまして」

そこまではっきり言われると、こっちが恥ずかしくなってくる。初めは俺に対してどこか余所余所しさや結局は他人という割り切りを感じていたのが、今では距離感が縮まっているような気がする。

いや、さっき葵が言っていた言葉が妙にしっくりくる。もともと独立した存在だった俺たちが、一緒に過ごすようになり、互いの価値観を吸収し、いわば共同体のような存在になる。

俺たちは、互いに余命僅かだという事情を抱えていたゆえ、よりその関係性が深まった。葵にとって、俺にとって。お互いが必要なパーツになっている。

それを葵は不便だと言った。でも今の俺にとって心地のいい響きだった。

すると扉をノックする音が響き、スーツ姿のニコが顔を出した。

「お。起きてるじゃん。体調はどう？」

同時に傍らにいる葵の目つきがみるみる鋭くなり、威嚇するようにニコを睨み付ける。

「出たな。妖怪人妻元カノ女」

「誰が妖怪よ」

ニコが呆れながら枕元に置いてある花の水を差し替えてくれる。すると、カードの山に気がついて「懐かしー」と声を上げた。

「UNO。これ中学生の頃に友達とよくやったんだよね」

カラフルなカードをパラパラとめくるニコを見て、葵が彼女のことを指差しながら高らかに言う。

「勝負しましょう」

「えっ？」

戸惑っている様子のニコだったが、まあ少しなら、とカードを切り始める。

「あなたが勝ったら……特に何もありません。私が勝ってもありません。私はとにかく勝ちたいんです、あなたに」

何だそりゃ。とにかく負けず嫌いだなというのは伝わったが。

結局数合わせで俺も参加することになり、病室でのＵＮＯが始まった。

「はい、ＵＮＯ」

あっさりとニコが一抜けする。続いて俺もカードがなくなり、葵の負けが確定した。

「もう一度やりましょう。今のは練習です」

ベタだなー。再びカードを配り直して、ゲーム開始。

「今のは予行演習です。次からですね」

「あー。今のが本番だったらやばかったですね。さあ、気を取り直して」

どうやったらそんなに連続して負けられるのかと不思議に思うくらい勝負弱さを発揮する葵。その度に、適当にごまかしてもう一度仕切り直そうとする彼女に、ニコが余裕の微笑みを向けながらカードを切った。

「あんまり素直じゃないと、これから困るんじゃない？」

その物言いが鼻に付いたのか。すかさず葵が剥れながら切り返す。

「素直じゃないですか。私、負けたくないんですよ。だから勝つまで何度だってやる。ただそれだけです」

開き直っているようにしか見えないのだが……。俺はちっとも楽しめないぞ、この状況。

「なんかスリルが足りませんね。じゃあ。こうしましょう。負けた人は、勝った人の質問に何でも絶対答えること。いいですね？」

唐突に罰ゲームみたいなのがついたぞ。ニコは歯牙にもかけないといった表情で「別にいいよ」と鼻を鳴らす。俺は正直嫌だったが、断れる空気ではなかったので渋々了承した。

さっき勝った俺が親になって、カードを切る。急に高まる緊張感。

「UNO！」

勝ったのは葵だった。そして、負けたのはニコ。ここへきて急に勝負強くなりやがって。

「じゃあ、質問しますね。ニコさんは、拓海さんのどこが好きで付き合い始めたんですか？」

いきなり直球だな。ニコは嫌がるのかと思いきや、意外に真面目に考え込んだ後、シンプルに答えを差し出した。

「謎だったから。高校生の時から、部活も勉強もとにかく真面目で人にも自分にも厳しくて。全然妥協しないし、隙がなさすぎて後輩たちには近づき難い存在だったんだよね」

「それ、ただの絡みづらい人じゃないですか。理由になってませんよ」

葵が不満げに口を尖らせる。

「うーん。でも今になって思えば、拓海のこと気になっている女子は割といたんじゃないかな。この人、冷徹で感情がなさそうに見えるくせに、時々ストレートに優しいから。そういう人にそういうことされると、ひょっとして自分にだけ優しいんじゃないかって気分になって、勘違いしちゃうんだよね」

「要するに、騙されたんですね」

「その通り」

人を詐欺師みたいに。俺が「もういいだろ。次々」とカードを配るように葵に促すと、テンポ良くゲームは進んだ。

「私の勝ちね。負けたのは……」

俺だ。まあ、ニコなら葵のペースには乗らないだろう。

「プロポーズの言葉は何だった？　私、この人がそういうことするの、全然想像がつかなくて。すごく気になるんだよね」

お前もかい。今さら仮初の夫婦だなんて言い出しにくいし。どう言い繕うかと考えていると、葵の方が先に口火を切った。

「してませんよ、この人」

「えっ。じゃあ、あなたから結婚しようって言ったの？」

「そうです」

思い返してみれば、流れ的にはそれで間違いないし、嘘はついていない。

「はい。次が最後にしましょ」

そう言って親のニコがカードを切って、ラストゲームが始まる。

このゲームは、なかなかの接戦になった。しかし、制したのは葵。ニコと俺も激しい騙し合いを演じながら、結局勝ったのは……ニコ。俺は一度も勝てることなく、最後の最後でもカードを捨て切ることができなかった。

「あー、どうしよっかなー」

葵が不敵に笑いながら俺の顔をじろじろと見つめる。

結局悩み続けた挙句何も浮かんでこなかったらしい葵は、俺が最後まで持っていたワイルドカードをひょいと手に取り、胸ポケットに入れた。

「保留にしときましょ。また聞くことを思いついたら、その時にこのカード、使いますね」

そう言って笑う葵。結局お開きになった後にニコは帰り、葵はベッドに横になりながらゲームをし、夜遅くなったら帰っていった。

次の日。夕方まで誰もこないなあと思っていたら、意外にも葵とニコが連れ立って一緒に病室にやってきた。

葵はばつの悪そうな顔をしていて、ニコは何か言いたげな顔をして俺の方をじろりと睨んでいる。彼女が口を開く前に、大体何があったのかを察してしまった。

「病院のロビーでばったり会ったの。彼女、ここに通院してるみたいじゃない。結構具合悪そうだったから問い詰めたら、この子、もう長くないって……」

ニコに話したらしい。葵も意地になっているのか、下を向いたまま目を合わせようとしない。

「それを聞いた以上は、二人で旅行に行くのは賛成できない」

はっきりと俺たちに告げるニコ。常識的に考えればそうだろうな。友人であるならば、尚更だ。

「じゃあ、ずっとベッドで大人しくしていればいいんですか？」

葵が切り出す。俺は「いいから」と宥めようとするが、ムキになっているのか、ふらつきながらニコに詰め寄ろうとする。

「そういうわけじゃないけど。病人なんだから、ちゃんと治して良くなってからじゃないと」

「……拓海さんも同じこと言っていました」

ニコが俺に視線を送る。俺は何も言わず、気色ばむ葵の表情をこの目に焼き付けていた。

「私と、拓海さんは同じなんです。お互い出会わなければ、ただただ病院に通いながら、症状が進んだら入院して、衰弱しながら余命を全うしてたと思います。でも、今は違う。二人で一緒にいれば、同じように病気と向き合っていても、違う景色が見えてくるって気づいたんです。結婚ってなんだろうってずっと疑問に思っていました。でも、今ならなんとなく分かる気がします。私は、この人をどうしても尾道に連れて行きたい。猫の細道で、猫と戯れたい。行ったことのない世界の、空気を吸いたい。匂いを感じたい。その瞬間は私たちにとって、この先何十年と連れ添うよりも、きっと価値のある時間になると思うから」

そう言うと葵も苦しそうに頭を抱え、その場にへたり込んでしまった。

「大丈夫？　ちょっと椅子に座ってなさい」

ニコが俺の荷物の中からブランケットをとって、葵の肩にかけてやる。目の焦点が合わない様子の彼女を見て、ニコはナースコールを押そうとするが、葵がニコの袖を引っ張って止めた。

「大丈夫です。ちょっと目眩がしただけですから」

その様子を見て、しばらく何かを考えこんでいたニコが、呆れたように肩をすくめながら俺に切り出した。

「……どうせ止めたって行くんでしょ？　だったら私が付き添います」

「付き添うって……お前が？」

「私は旅行代理店の人間ですから。任せておきなさい」

そう言って胸を張る。その代わり、絶対に無理はしないこと。指示に従うこと。指定したルート以外の寄り道はしないことを条件に、彼女は俺たちの世話役兼ガイドを買って出てくれた。

「葵ちゃんも。それなら構わないでしょ？」

太々しく腕組みをしながら、葵はうんうんと頷く。

「仕方ないですね……本当は二人で行きたかったんですけど」

上からだなおい。俺が呆れていると、ニコが俺を指差しながら釘を刺した。

「ただし。あなたの体力が戻って、退院できたらの話だからね。そのためには、安静にして養生してなさい。分かった？」

そう言い残して、ニコは一通りの俺の身の回りの世話をしたのち、病室を後にした。

「あの人、家庭もあるんだから。そっちをもっと大切にすればいいのに」

葵が傍の椅子に腰を下ろしてぶつぶつとぼやく。

「大切にしてるだろ。その上で、こうしてお見舞いにもきてくれているんだよ。あいつはどちらも中途半端にするような奴じゃないからな」

「随分と信頼しているんですね。私と違って」

「お前だって。余命宣告されたことを打ち明けたってことは、あいつが信用できる人間だって判断したんだろ？　他にも色々と二人で話したみたいじゃないか」

葵は不服そうな顔をしながらも、否定はしない。しょんぼりしているのを見て、俺は体を起こし、その頭をぽんと撫でた。

「お前の為に、絶対に退院するから。約束する」

「……信用ならないですねえ」

そう言って口を尖らせる葵の頭を俺はいつまでも優しく撫で続けた。


——一週間後。俺は退院が決まり、夫婦として暮らす家に帰ることになった。

第3章　人生最後の旅へ

ワイシャツを着て、ボタンを一つ一つ留める。スーツのパンツを穿き、腕時計をして、鏡の前で髪型を整える。

葵はまだ、布団の中で寝息を立てている。起こさないようにそっと玄関を出た俺は、最寄り駅から電車に乗り込んだ。

朝の通勤ラッシュ。吊り革に摑まりながら、スマホを見る。ニュースに目を凝らす。俺がいなかった二週間。世界は何事もなく回り続けていた。そして、これからも。同じように循環し、続いていくだろう。

改札を出て、会社まで歩く。エントランスで社員証を提示し、オフィスまでエレベーターで上がる。廊下で同期とすれ違い、「辞めるんだって?」と声を掛けられたので立ち話をする。デスクに赴いて荷物の整理を行い、パソコンなどの備品は総務に返却。あらかた片付いたところで、部長のもとへと向かった。

デスクには姿がなかったため、喫煙室へ。外から覗き込むと、部長がクリエイティブの社員と談笑していた。

外からノックをする。こちらに気がついた部長が、すぐに灰皿で火を消して手招きする。気を遣って一緒にいた社員の方は席を外してくれた。

「久しぶりだな。体の調子はどうだい？」

「おかげさまで、どうにか退院できました。ご迷惑お掛けいたしました」

退職する、という意思はとっくに伝わっているはず。俺は中に入るなり「今までお世話になりました」と丁寧に一礼した。

「あ、いいよ。そんなに畏まる必要ないから」

部長は笑顔を見せ、俺の背中を叩いた。

「今まで良く頑張ったな。君は病気と向き合いながら、自分が果たすべき仕事を最後までやり遂げたんだ。誇りに思いなよ」

俺は部長の言葉を素直に受け止めて、「ご期待に添えず、申し訳ありません」と謝意を述べた。

「それを言うなら、俺じゃなくて君が担当していたクライアントに言うべきだな。みんな残念がってたぞ。あれだけ信頼できる人はなかなかいないって。我が社は見捨てられたのかって、本気で怒ってる人もいたくらいだ。そのくらい君は評価されてたんだ。胸を張っていいんじゃないか」

それは正直意外だった。確かに与えられた責務はきっちりと果たしていたつもりだが、部長の言うとおり、俺には人間味がないから。そこまでクライアントに好かれてはいないと思っていた。

部長はいつものように俺の肩をがっちりと叩き、最後に耳元で囁いた。

「残りの人生――大切なひとがいるんなら、その人の為に尽くすんだぞ。それが自分の為になる。人間は一人で生きているようで、人と人との繋がりに生かされている生き物だ。生まれた瞬間から、やがて死ぬ時までな。君が営業を通じて築いてきた繋がりは、きっと君を支えてくれるからな。頑張るんだぞ」

部長らしいなって、思った。俺はもう一度深々と頭を下げて、振り返ることなく喫煙室を後にした。

もう一度フロアに戻り、私物などが入った鞄を取る。見送りはなしか。当然だ。俺は同僚たちが目を回して案件を処理している間に、毎日定時退社を続けていたのだから。みんな自分たちのことで精一杯なのは知っている。入院中、誰も見舞いにこなかったのも仕方ない。

荷物を手に、エントランスを歩く。すると、誰かが慌ただしく走ってくる足音が聞こえてきた。

「先輩!」振り返ると、息を切らしながら俺を見つめる山下の姿がそこにあった。

「なんで黙って行っちゃうんすか。おかしくないすか?」

「ああ……すまなかった」

俺が気まずい思いで謝ると、山下は額の汗を拭いながら俺に詰め寄った。

「マジですいませんじゃないっすよ。迷惑かけすぎでしょ。俺がどんだけ大変だったか知ってますか?」

そういえば、こいつと面と向かって話すのはわか松とのプレゼン以来かもしれない。

「お前も頑張ってたんだな。わか松のチームも仕切って。立派にやってるそうじゃないか」

　俺がそう労うと、山下は暫く下を向いて黙り込んでしまった。

「おい、どうした」

　すると、わなわなと唇を震わせながら、山下が再び口を開く。

「先輩……戻ってきてくださいよ。俺には無理です」

　同時に、顔をくしゃくしゃにした山下が俺に縋りついた。

「わか松の社長に気に入られて、プロジェクト任されたのはいいんですけど。俺が企画した演歌歌手のネット動画、全然回んなくて。ネットでもうざいって酷評の嵐で、すぐに差し替えになったんすよ。何度も撮り直しになって。それでも全然回らなくて。チームの奴らも、俺が言っても全然動いてくれねえし。まとまらなくて。俺、ストレスでずっと円形脱毛症できてたんすよ」

　そんなことになってたのか。てっきり俺は、しっかりやってくれているのかと……。

「あなたが厳しくしてたから、チームは引き締まってたんですよ。正直、以前は俺も一緒に陰口言ってたけど。いなくなってから、やっぱり戻ってきて欲しいって、みんな言い始めて。憎まれ役っていうか。損な役回りをずっと引き受けてたんだなって、みんな気づいてさ。だから、帰ってきてくださいよ。辞めるなんて聞いてないっすよ。このままじゃ、わか松のプロジェクト、無茶苦茶になっちゃいそうで……」

人懐っこくて、人望があるこいつが、これだけ苦しんでいたなんて。でも、今の俺には仕事で助けてやることはもうできない。

俺は山下の頭をそっと起こしてやった。

「引き止めてくれるのは嬉しいんだけど……俺はもう、みんなと働くことはできないんだ。だから、辞めるって決心した。その気持ちはもう変わらない。すまんな」

「どこでやるんですか？」

山下が項垂れたまま、力なく尋ねてくる。

「どうせ独立するとか、転職するからなんですよね？　病気っていうのは建前で。だから、以前から少しずつ準備して……」

それは違うんだが……しかし、本当のことを言うのはやっぱり躊躇われた。

「体調が悪いのは本当だ。どこでもやらない」

俺ははっきりとそう告げて、続けて山下に言い聞かせる。

「お前にはお前の良いところ……俺にはない武器がある。俺なんかに頼らなくても、お前ならやれる」

だから大丈夫、と。背中を押してやることしか俺にできることはなかった。

「ただいま」

　家に帰ると、奥から葵がドタバタとやってきた。

「おっ。珍しいな。お出迎えか？」

　俺が揶揄いながら言うと、葵はしゃんと背筋を伸ばし、俺に向かって一礼をした。

「長い間お勤めご苦労様でした」

「出所か」

　俺が分かりやすく突っ込むと、葵は歯を見せながらケタケタと朗らかに笑う。

「これで、毎日ずっと一緒。専業主婦と、専業主夫ですね」

「違いないな」

　俺も肩の荷が降りたみたいに清々しい気持ちでワイシャツとスーツを脱ぎ、シャワーを浴びた。風呂から出ると、葵が食事の準備をしてくれていた。

「お昼ご飯は赤飯です」

　テーブルに並んだお茶碗に盛られた、豆がテカテカで、ふっくらと炊き上がった赤飯。おかずは、漬物と鰤の照り焼き。

「美味しそうじゃないか。悪いな。わざわざ作ってくれたのか」

　俺がそう礼を言うと、すぐさま「お惣菜ですよ」と葵が淡々と答える。

「誉めて損した」

　俺がしょんぼりすると、「自炊はコスパが悪いですから」と手を合わせ、自分の赤飯を掻き込み始める。

「まあいいか。お互い体力もないし。無理せずやっていくのが一番だな」

　俺もそう言って手を合わせ、赤飯に口をつける。

　やっぱりうまい。コンビニ弁当を買って帰るのも良いけど、こうしてわざわざ買い物に行ってくれて、同じものを並べて食べるのも、それはそれで幸せな気がする。

「明日の支度はもうできたのか？」

　俺が尋ねると、葵は親指を突き上げながらドヤ顔を見せる。

「もちろん。準備万端ですよ。今すぐ出発しても良いくらいです」

「体調は？」

「今日病院行ってきて、痛み止めももらってきたんで大丈夫です」

　痛み止めか。これからずっと付き合っていかなくちゃいけなくなる。

「拓海さんは？」

「今のところ問題ない」

　俺がそう答えると、葵は少し悲しそうな目をして片肘をついた。

「私が途中で倒れたら。構わず猫に会いに行ってくださいね」

「いやいや。そういうわけにはいかないだろ」

　俺が笑いながら葵の顔を見ると、冗談を言っている目ではなかった。

「私、前世が猫なので、来世も猫になろうと思います」

「なんで一度人間になったんだよ」

俺が苦笑すると、葵は俺の顔をじろじろと見ながら、曇りのない瞳で言った。

「拓海さんに会うためじゃないですか。だから、次はまた猫に戻ります」

俺が今世で猫だったら、葵もまた猫だったんだろうか。おかしなことを考えながら、旅行前夜はあっという間に更けていった。

✧

羽田空港の第1ターミナル。インフォメーションの前で待ち合わせをしたニコは、ジーパンにシャツ、キャップという動きやすそうな格好でキャリーケースを引きながら手を振った。

「おはよう。あれ？　もう何か食べてる」

隣ではおなじみのワンピースにサンダル姿の葵がおにぎりをパクついている。

「昨晩は調子悪くてな。今朝になって食欲戻ってきたから、コンビニで買ったんだ」

「大丈夫？　調子悪くなったら正直に言ってね」

まるで引率の先生みたいな物言いに、葵が不機嫌そうに頬を膨らませる。

「私は我慢できます。それより、この人の方が危なっかしいので。しっかり見ててあげてください」

苦笑いしてごまかすが、葵の言うとおり、体力的に厳しいのは俺の方だった。ほとんど寝たきりで点滴を受け続けていた入院生活からの体力がまだ戻っておらず、立ちくらみや息切れがある。今もこうしてキャリーに体重を預けていないと、立ったり歩いたりするのも怪しいくらいだ。

「あなたも。私の目から見て厳しいと思ったら、すぐさま最寄りの病院に搬送するからね。分かった？」

ニコはこの日のために緊急搬送できそうな病院などを事前に入念に下調べし、フライトの時間やルートなどを組んできてくれた。

重病人二人をフォローしながら旅路を同行するとは、本当に大変な仕事を押し付けてしまったと思う。つくづく彼女には頭が上がらない。

「それじゃ、行きましょうか。ついてきて」

エスカレーターを登って、二階の出発ロビーへ。俺たちと同じようにキャリーを引いた家族連れやビジネスマンたちが行き交っている。

美味しそうなお土産が並ぶ売店で何か買いたいと葵がゴネるが、出発前に荷物を増やすなと俺が一蹴する。

ニコが既にチケットレスで手配していた為、そのままチェックイン。機械で手荷物のタグを発券し、荷物をカウンターに預ける。搭乗の時間になり、ブリッジで機内へ。

普段乗ることのない機内が物珍しいのか、キョロキョロしながらあれこれボタンを触っていた葵だが、離陸前には寝てしまった。横で無垢な寝顔を見ていると、微笑ましくなってくる。

「二人で旅行行った時のこと。思い出すね」

　ニコが雑誌を読みながら、懐かしそうに目を細める。彼女とは、沖縄、北海道……台湾にも行ったな。新婚旅行はドバイに行こうって話もしてたけど、結局実現しなかった。

「まさかまた一緒に旅行に行くことになるとはな。人生、本当に分からないな」

「旅行っていうか。私はあくまでもあなたたちの引率だけどね」

　ニコがそう言って釘を刺す。

「旦那はこのことは？」

「もちろん知ってる。じゃないと来られないから」

　それもそうか。しかし、迷惑をかけていることは間違いない。

「最近、どうなんだ？」

「何が？」

「結婚生活。そろそろ二年くらいだっけ？　うまく行っているのか？」

　ニコは雑誌をぱたんと畳むと、何かを思い出したように眉間に深く皺を刻み、手すりに肘を置きながら天井を見上げた。

「さあね。本当にうまく行ってたら、今日は来られなかったんじゃない？　まあ、適度に距離を置くにはいい機会だったかも」

　うわうわ。聞いてはいけない話題だったかと背筋が冷える。

「私が仕事行っている間にさ、勝手に家に上がって掃除とかして帰るんだよ。フルタイムで働いてるんだったら、どうせできないでしょうとか言って。旦那には悪いけど……向こうの親、子離れできてない。未だに自分がいないと子供が生きていけないと思ってる。旦那だって自立しているし、ほんとお節介なだけなんだけど」

合わないのはやっぱり向こうの親か。しかし、結婚となると切っても切り離せないのは分かっているだけに、難しい問題だ。

「拓海のとこはどうなの？」

「俺？」

「そう。向こうの親とか。自分の親は？」

葵の両親については、本人の口からは聞いていない。おばあちゃんに育てられたと言っていたから、きっと記憶には残っていないのだろう。そうニコに告げると、「そっか」と悲しげにすやすやと眠る葵の顔を見つめた。

「苦労してきたんだね、この子。大事にしてあげないと」

もちろんそのつもりだ。俺が深く頷くと、ニコは感心したように頬を緩めながら俺を見つめる。

「初めてこの子に会った時さ。最初はなんであなたがこの子を選んだのか分からなかったんだけど……。今思えば、この子にはあなたが必要で、あなたにはこの子が必要だったんだなって、すごく納得したな」

「何でだよ」

ニコは事件の謎解きをするみたいに、俺の方をぴんと指差す。

「拓海さ。世話焼かれるの、嫌いでしょ。逆に、ストレートに自分を頼ってくれる人や、自由気ままな人とは波長が合う気がしてたな。だから、今思えば私みたいな世話好きとは壊滅的に合ってなかったよね」

ちょっと納得しかねるが、ニコにはそういう風に見られていたのかとため息をつく。

「それに。拓海、以前と変わったよね。穏やかになったというか。仕事ばっかりだった時よりも、生き生きとしている気がする」

余命宣告されてんのに。それは皮肉だな、と笑い飛ばす。

「確かに……葵と暮らすようになって。こいつが少しでも楽しく生きられるように生きるっていう目的ができた。自分の為だけだったら、ここまで前向きにはなれなかった気がするんだよな」

初めて出会った瞬間のことを思い出す。苺プリンの香り。あそこから、ここまで本当にあっという間で。

「話は戻るけど。あなたのご両親……ごめん、お父さんは？」

ニコがしまったという顔をして俺に謝る。

俺には今、母親はいない。高校生の時に急に倒れて亡くなった。

「知らない。まあ、知ってたら反対するだろうな」

「え。いいの、それで？」

「ああ。俺は父親だとは思っていないし。向こうもそんなに俺に対して興味はないだろうからな」

つい尖った口調になる。ニコは心配そうに俺の顔を見つめていたが、何も答えたくない俺が口を閉ざしたため、それっきり黙り込んでしまった。

しばらく窓の外の景色の移ろいを見つめていた俺も、いつの間にか眠っていた。着陸の振動で目が覚めた時には、恐怖に顔を引き攣らせた葵が俺の腕に縋りついていた。

「お前、飛行機苦手だったのかよ」

「だって。あんなに揺れるとは思わないじゃないですか」

俺が寝ている間に気流に巻き込まれたらしく、機内は割と揺れたらしい。

「拓海さん、全然目を覚まさないし。おかしいんじゃないんですか」

「飛行機には慣れてるからな……まあ、無事着いたんだからいいだろ」

広島空港に降り立つと、バス乗り場からエアポートリムジンへ。三十分ほどバスに揺られ、三原駅に到着。そこから電車で二駅走ると、昼前には尾道駅に到着した。

「先にお昼にしましょうか」

そう切り出したのは意外にもニコで、すぐに葵が「尾道ラーメン！」と元気よく同調する。

「お前、ラーメン食って大丈夫なのかよ」

「今お腹空いてるんで、なんでも食べられます」

かく言う俺も、空腹の虫が鳴いている。胃に圧迫感はあるが、幸い今なら喉を通りそうだ。

ちょうど南口を出たところに、尾道ラーメンの店がある。ひとまず荷物をロッカーに預け、三人でその店に足を運んだ。

家紋が染め抜かれた真っ赤な暖簾を潜ってレトロな木の扉を開けると、店内で食券を購入する。三人とも頼んだのは尾道ラーメン。並んでカウンター席に座ると、二、三分ほどでラーメンが運ばれてきた。早っ。

すぐに手を合わせて舌鼓を打つ。スープはあっさり系だが、味に深みがあって美味しい。細い麺も歯切れがよく、あっという間に平らげた。

今度は尾道駅の北側へ回り、散策へ。ロープウェイ乗り場が横にある千光寺を通り過ぎて路地を歩くと、奥には「この先猫の細道」の案内札が。

「見つけた。行きましょう！」

病人とは思えない歩幅でサクサクと歩き始める葵。それに続いて、俺とニコが縦一列になって進んでいく。

石畳のある道はすでに細く長く、路地裏を探検しているような気分になる。道中に大きな神木がそびえ立つ神社に出くわし、ニコがスマホでシャッターを切る。

「神社の上をロープウェイが通ってるんだな」

俺がその光景に圧倒されながら立ち尽くしていると、葵がおみくじを引きたいと言い出したので、急遽三人で参拝することに。

「凶……」

ニコと葵は無難に末吉を引き当てるが、俺は引きの弱さを発揮してしまう。

本堂の横の石造りの道を歩いていくと、徐々に上り坂へと差し掛かっていく。石の階段の傍には、カラフルな丸いコロコロとした福石猫がちらほら。本物の猫はまだかと鼻息を荒くする葵を先頭に階段を登っていくと、手作りの地図に、風情のある通りが続いていく。石の道や壁にも猫が描かれていて、街全体がアートのような雰囲気に包まれている。

十数分ほど登りの階段を進み続けて、流石に葵も息が切れてくる。

「なかなか猫が出てこないね」

ニコも心配そうに葵の背中をさする。それからしばらく進むと、見晴らしのいい公園のような場所に出た。すると、葵が「あっ！」と叫んで走り出す。

猫がいた。それも、三匹。茶色、白、黒の毛並みの猫たちが、公園の石のベンチにちょこんと乗ってぴんとひげを伸ばしている。

人に慣れているのか、全く逃げようとしない。お昼時で眠いらしく、時々あくびをしたり、耳をぴくぴくと動かしたり。

「ダメ、触っちゃ」

葵が背中を撫でようとすると、ニコが窘める。

「野生の猫だからな。仕方ないよ」

　俺が葵の背中をぽんと叩く。葵はじーっと猫の様子を目に焼き付けるように観察し続ける。

　俺とニコは、ひたすらその様子を見守った。すると、しばらくして葵が微笑みながら口を開く。

「この子たちは、こうやって訪れた人たちに愛される。昨日も、明日もずっとずっと」

　そう言いながら、すっと立ち上がる。きょとんとする猫たちに手を振って、しみじみと言葉を絞り出した。

「猫、飼いたかったな。でも、今私たちが迎えると、寂しい思いをさせるに決まってます」

　だから、飼うのは諦めます。そう告げた葵を、何も言わずにニコはそっと背中から抱きしめた。

　俺は、葵が最初に「やりたいことリスト」に書いた「こども」という文字を思い出していた。今、猫を見つめる葵の目は、母親のような目なのかもしれない。

　子供が好きだ。一緒に遊ぶのが好きだ。そう話していた葵の目が、生き生きとしていたのも、はっきりと覚えている。

「子供がいなくても。俺たちはいい夫婦になれるよ」

　葵の横でそう呟いた俺を見て、ニコは驚いた顔をしていた。葵は振り向きざまに俺の顔を上目遣いに見上げ、俺の手をとってそのまま下り坂へと歩き始める。

「いいなー。仲良しで」

葵と、俺。その後ろを歩くニコが、からかうように言う。ニコの旦那は照れ屋みたいで、人前では絶対に手をつないでくれないらしい。

「俺だって恥ずかしいわ。ほら、歩きにくいから。もういいか？」

そう言っても葵は手を離そうとせず、テンポ良く細い坂道を下っていく。すると、帰りに「おのみち保護猫ｃａｆｅ」という店を見つけた。ここに寄って思う存分猫と遊んだ俺たちは、招き猫美術館にも寄ることに。木造の館内に所狭しと並ぶ可愛い招き猫たちを満喫して、尾道駅へと戻ってきた。

「広島行きましょう。すぐに行きましょう」

荷物をロッカーから受け取ると、葵がうれしそうに足踏みをする。俺は正直歩き疲れていて、どこかで休みたかったが。疲れも忘れる勢いで猫との時間を満喫した様子の葵は、機嫌良さそうにはしゃいでいる。

ニコはスマホを見ながら、尾道駅から広島駅までの時刻を確認する。ベンチに座って休みながら、再び電車で三原駅を経由して、一時間ほどで広島駅のホームに到着した。

「先にホテルに荷物だけ預けて、観光して帰ってきてからチェックインしようか」

ニコの提案に乗って、駅前のホテルに寄って身軽になった俺たちは、広島市内の観光に繰り出す予定だったのだが……。

「宮島、行きましょう」

　ホテルを出た途端、ぴんと手を伸ばした葵が突如として宣言する。

「えっ。ダメだって。今日だってあんなに歩いたし。あなたの体力だって」

「持ちます。大丈夫です。今からならまだ……」

　駅前で押し問答を続けること十分。結局俺たちは葵の気まぐれに付き合うことになり、広島駅から三十分ほど電車に揺られ、宮島駅に到着した。

　正面の地下道を通って歩いて向かい、フェリー乗り場にやってきた。ニコが切符を購入し、乗船を待つ間に売店でお土産を物色する。ここでも葵がもみじ饅頭を買いたいとゴネるが、宮島に行けば揚げもみじがあるので、そこで食べましょうとニコが提案し、葵も目を輝かせながらそれに従った。

　フェリーが到着したので、歩いて乗船。船内の座席も空いていたが、葵が外の風を感じたいと言い出したので、デッキにある席に三人並んで座ることにした。

　船が動き始めると、心地いい潮風がシャツをはためかせ、頬を撫でていく。飛ばされそうになる帽子を押さえながら、ニコも嬉しそうに島の遠景写真の撮影に興じていた。

　宮島に降り立ち、道沿いを歩いていると早速野生の鹿を発見。恐れを知らない葵が近づいて行くと、危険を察知したのか、ぷいとそっぽを向いて逃げていく。

「あれ。逃げた」

「詰め寄って威嚇するからだよ」

　俺がそう言って笑っていると、突然ニコが悲鳴を上げながら後退りをした。

「うわ！」

　振り返ると、複数の鹿が俺の持っている鞄をもぐもぐとかじっていた。薬とかも入っているので慌てて追い払うと、鹿は首筋をぴんと伸ばし、細い脚を優雅に動かしながら退散していく。

　さすが野生。油断も隙もねえと冷や汗をかいていると、葵の周りに人だかりならぬ鹿だかりができていて、全く動じずに鹿と戯れている。

「可愛い。何かあげてもいいんですか？」

「ダメだ。宮島の鹿は餌やり禁止」

　俺が窘めると、葵はバッグの中から何かあげようとしていた手を引っ込めた。それを見て期待したのか、鹿たちはさらにヒートアップして葵の周りに集っていく。

　すっかり鹿使いのようになってしまった葵のことを、外国人観光客がスマホで動画撮影し始めてカオスになる始末。

「何やってんだ。さっさと来い」

　俺が手招きすると、葵は「え～可愛いのに」と名残惜しそうに鹿たちの群れから離れる。

　フェリー乗り場から厳島(いつくしま)神社まではしばらく徒歩。その道中でも、葵の後ろを鹿がぞろぞろとついてきていた。

「お前から何かうまそうな匂いでもしてるのか」

「違いますよ。遊んで欲しいだけです」

ニコは鹿が苦手なようで、ひたすら俺の陰に隠れてビクビクしている。飲食店の入り口でのんびり座っていたり、ベンチに座っている観光客のバッグを突いたり。鹿たちは気ままに人の中に馴染んでいる。

「なんで餌、あげちゃダメなんですか？」

葵が不満げに尋ねてくる。

「昔は鹿せんべいも売ってたし、観光客も自由に餌をあげてたらしいんだけどな。鹿が観光客の持っている食べ物を狙ったり、ゴミを漁ったりするようになって、胃のなかに消化できないビニールとかが溜まって死んでいって、絶滅の危機に陥ったらしいんだ。だから今は、野生で生きていけるように餌やりは禁止になってる」

「そうなんですね」

「ああ。子供の頃来た時に教えてもらった」

「誰にですか？」

「……母親」

海沿いの砂浜のような道を歩いていると、厳島神社のシンボルである大鳥居が見えてきた。水上に浮かぶように佇んでいる鳥居を見て、この辺りも母親と一緒に巡ったっけ、と懐かしい気持ちになる。

「お母さんは……今どこにいるんですか？」

葵が恐る恐る尋ねてくる。もう亡くなったよ、とだけ答えると、「じゃあお父さんは？」と食いつくように質問を続けた。

「葵ちゃん。そういう話題はもっと気を遣って聞かないと」

「いいんだよ。ちゃんと打ち明けてなかった俺が悪いんだし」

葵はニコにそう言われて、拗ねたみたいにぷいと顔を背ける。本当はずっと気になっていたのかもしれない。だけど、俺が葵の両親のことを気遣って聞いてこなかったみたいに、葵だってずっと敢えてその話題を避けてくれていたのかな、と今更ながら思った。

「父親は生きてる。普通に会社勤めしてるよ」

「どこにいるんですか？」

そこで俺は口ごもった。まさか広島市内の会社で役員をしているだなんて言えない。

ニコは俺の顔色を窺う。彼女は俺の両親の事情を諸々知っている。

「とりあえず……揚げもみじ食べないか？」

辛くも話題を逸らして、宮島の売店が立ち並ぶ通りへと歩いていくことにした。

ちょうど陽も陰ってきて、涼しい風が吹き抜けている。しばらく名物のしゃもじなどのお土産を物色したところで、お目当ての「揚げもみじ」の赤い暖簾が見えてきた。

「うわ。熱い。本当に揚げてるんですね」

店内のテーブル席を囲み、葵がチーズ味の揚げもみじにかぶりつく。俺はあんこ。ニコはクリームをチョイスした。

確かに外はカリカリに揚がっていて、衣の食感と中の餡の甘さが混じりあって美味しい。あっという間に食べ終わってセルフのお茶を喉に流し込みながら一息ついていると、葵がさっきの話題を蒸し返してきた。

「拓海さんのお父さんって、この結婚について何か知ってるんですか？」

「いや、知らない」

正直に答えた。すると、ここでニコが口を滑らせる。

「広島だと遠いから。なかなか顔を合わせる機会がないんだよね」

「……広島にいるんですか？」

ニコが「あ、言わなきゃよかったかな？」と書いてあるような顔を俺の方に向けるが、時すでに遅しだった。

「じゃあ、ついでに会いに行けばいいじゃないですか。私を連れて」

「え？　いつ？」

「明日ですよ。時間はありますよね？」

まさかそう言い出すとは思わなかった。ニコは「仕事中に急に押しかけたら迷惑だから」と宥めようとするが、葵は「じゃあ、今から連絡取ればいいじゃないですか」と俺に促す。

「会ってどうするんだよ」

「決まってるじゃないですか。報告するんですよ。結婚するって」

俺の父親に？　まさか。そんなことできるわけがない。

「それは無理だ。そんなに親しくしているわけじゃないし。それに……」

そこまで言って、俺が口ごもる。葵はお茶を手に持ったまま、俺の顔を真っ直ぐに見つめながら言った。

「私を育ててくれたのは、おばあちゃんです。でも、今はもういません。だから、私には結婚を報告する相手がいないんです」

たった一人の肉親なのだから。今まで育ててくれた感謝の気持ちも含めて、結婚するということは、伝えておくべきじゃないか。

葵の言葉は真っ直ぐだった。だからこそ、胸に刺さる。

「お前の気持ちはありがたいんだけど……悪いが、そういう気分にはなれないな」

俺は揚げもみじが入っていた袋をくしゃっと丸めると、幼い頃に宮島を訪れた頃の母親との記憶を語り始めた。

父親は、物心ついた頃から仕事ばかりで家にはほとんどおらず。いつも母親と二人っきりで過ごした。小学校に上がってからも、父親と三人で出かけた記憶はほとんどない。週末には、母親が旅行に連れて行ってくれた。その中で、広島の宮島にも一度だけ訪れていた。

当時、父と母はよく言い争っていた。父親は俺を私立の中学に入れ、学習塾に通わせていい大学に入れることに躍起になっていた。母親は、俺のやりたいことを優先して、自分で進路を決めさせるべきだといつも訴えていたが、聞き入れられることはなかった。

俺は、必死で勉強した。父の期待に応えたいわけではなかった。父の言う通り、勉強をしていい大学に入って大企業に就職すれば……いつか母に恩を返すことができる。高校の部活ではサッカー部に入っていたが、初めから大学に入ったらやめるつもりだった。

母親は、いつも俺の選んだこと、打ち込むことの背中を押してくれた。そして、第一志望の大学を受験する直前。自宅でくも膜下出血を発症し、突然この世を去った。

父は、出張先からすぐには帰ってこなかった。こんな時も仕事を優先するのかと、俺は父を激しく憎んだのを覚えている。やっと戻ってきたかと思えば、父は涙一つ流すことなく。淡々と、粛々と母を見送り、何事もなかったかのように仕事へと戻っていった。

俺にも、父の血が流れている。いつか大切な人ができた時に、母と同じような思いをさせてしまうのだろうか。

そう思い悩んだこともある。事実、俺は仕事ばかり優先して、ニコとの結婚に踏み切れなかった。

「だったら、言ってやればいいじゃないですか。自分は、あなたとは違うって」

葵が悔しそうに唇を噛む。瞳の奥は、微かに潤んでいるように見えた。

「拓海さんがお父さんと同じだったら、こうやって私と一緒にいることを選んでないですよ。どこかでお父さんと違う生き方をしたい。見返してやりたいって気持ちがあったんじゃないですか？」

それを聞いて、黙って聞いていたニコが重い口を開く。

「親って。親子って、そんな単純なものじゃないと思うな。お父さんにもなんらかの事情があって、そうせざるを得なかったのかもしれない。だから、会うならきちんと話をした方がいいと思う。今までのこととか。これからのことをじっくり」

なんか会う方向に話が進んでいないか。雲行きが怪しくなってきたのを感じて、俺は立ち上がった。

「父親に何か事情があったにせよ。母親を大事にしてあげていなかった事実は変わらないし、その過去は変えられない。だから俺は、父親と顔を合わせる気にはならないかな」

そう言い残して、店を後にする。後からついてきたニコが「何か……ごめんね」と耳打ちをしてきた。

それから厳島神社の本堂を巡ったが、俺は母親との思い出がちらつくばかりで、旅行の楽しい気分はどこかへ飛んで行ってしまった。

葵はそんな俺の姿が焦れったいのか、無理矢理肩を組んで写真を撮ったり。手を引いてテンション高く話しかけてきたり。

結局日暮れと共に宮島を後にした俺たちは、電車で広島市内に戻ってホテルにチェックインし、繁華街で夕食を取ることにした。

「広島焼き食べましょう。どこがいいのか調べてください」

ホテルを出て街を歩きながら、葵がニコに甘えるようにお願いする。

「広島で広島焼きって言うと、タクシーだったら降ろされるぞ。広島風お好み焼きって言え」

そう教えた俺に、葵が「やっぱり広島のことは詳しいんですね」と皮肉で答える。

「俺の中にある知識は、全部広島に来た時に母親が教えてくれたものだ。別に広島にゆかりがあるわけでも何でもない」

葵は俺の前に回り込んで、悪戯っぽく笑う。

「だったら、お父さんに聞いてみたらいいじゃないですか。広島で勤めてるんなら、おすすめのお好み焼き屋さんぐらい知ってるでしょ」

またそうやって父親と絡めようとする。ニコにしろ。葵にしろ。女子はどうしてそんなにお節介なんだとため息をつく。

「そのくらいスマホで調べればすぐに出てくるだろ。ほら。ここのデパ地下にも有名店があるみたいだし」

「本当だ、美味しそう」

ニコが画面を覗き込んできて、賛同する。そのまま近くの路面電車に乗り込み、福屋の地下にあるお好み焼き屋を目指すことにした。

「お父さんの勤め先、どの辺りなんですか？」

「この先の八丁堀のオフィス街あたりだな」

「すぐ近くじゃないですか」

自分でも、なんで別の店にしなかったのかと後悔した。

路面電車の広島駅に行くと、すでに八丁堀行きの電車が待機していたので乗り込む。整理券を取って、空いている席に三人並んで腰掛けた。

「百九十円で、どこでも行けるんだぞ」

「へー」

葵が興味津々で車内を見渡している。どうやら初めて乗るらしい。

緩やかに揺れる車内は、広島市の中心街を走っていく。駅前通りを抜けて二つの大きな橋を渡ると、川面に浮かび上がるビルを反射した夜景に目を奪われる。

十分ほどで八丁堀に到着し、電車を降りて福屋へ。地下にあるお好み焼き屋さんのカウンター席に並んで座り、オーダーをした。

「ここ、暑いですね」

「そりゃ、目の前に熱々の鉄板があるからな」

職人さんが鉄板に薄く円形に生地を伸ばすと、ぱっぱと振りかけられた鰹節が躍る。そこへ豪快に刻んだキャベツを乗せると、その下にイカ天を滑り込ませ、上から天かすを散らし、さらにもやし、豚バラ肉、加えてえび、いかなどの海鮮が積み上げられていく。

「めちゃくちゃ重ねますね。崩れないんですか?」

葵が不安げに口を挟んだところで、職人さんが慣れた手つきで二つのヘラを使い、生地全体をひっくり返していく。

さらに別で焼いていた蕎麦の上に生地を豪快に乗せると、鉄板の上に卵を割って薄く広げ、さらにその上に生地を重ねる。

「生地を混ぜて焼くんじゃなくて、どんどん重ねていく感じなんだね」

隣でニコが興味深々といった様子で職人さんの手つきに見入っている。反対側に座る葵は、見ていてお腹が空いたのか暑いのか。すでに出された水を一杯ぐいっと飲み干してしまった。

幾重にも重なった生地を裏返しながら焼いていくと、美味しそうな焼き目がついてくる。最後にハケでソースを塗り、仕上げに青のりを振りかけると、広島名物、お好み焼きが完成した。

「あっつ。そばうまっ。イカ天もうまっ」

皿に盛ってくれたお好み焼きを躊躇なくパクついた葵が、情報量が多すぎてパニックになっている。

「落ち着け。ほら水」

水を注いでやると、ごくごくと飲み干し、また夢中でお好み焼きをぱくぱくと食べていく。ニコは箸を器用に使って、上手に切り分けながら口へ運んでいた。

俺も、熱々のお好み焼きをじっくりと味わう。ソースがうまい。でも、重ねて焼いた素材の味がそれぞれ生きていて、満足感がある。

ほとんど会話もなく、食べることに熱中し、三人ともあっという間に完食してしまった。

「眠い……」

流石にあれだけ動いてお腹が満ちたせいか、駅で路面電車を待ちながら葵は今にも目が閉じそうなほどうとうとしている。

やがて電車がやってきて、乗車して席についた途端に葵は寝息を立て始めた。

「疲れてるねー。あなたは大丈夫なの？」

「ああ、まだ何とか」

そう言いながら、俺も正直どっしりとした疲れが全身に張り付いている。

どんどん更けていく夜と共に、車窓から煌びやかに浮かび上がる街の明かり。俺は久々に旅に出た、今日という一日を振り返りながら、気分良く微睡んでいる。

「あなたも寝たら？　て言っても、あと数分で着くけど」

そう言って俺に声をかけてくれたニコだが、気がつけば先に舟を漕いでいた。病人二人に気を遣いながら、電車とかルートとかの手配で、どっと疲れたのだろう。両サイドで眠るニコと葵に挟まれて、元カノと、仮初の妻と共に過ごした広島での出来事が、不思議な感覚と共に暮れていく。

ホテルに着くと、葵、ニコ、俺の順番にシャワーを浴びたのだが、俺が身を清め終わった時には、葵とニコはそれぞれのベッドで既に泥のように眠っていた。

楽しかったな。余命僅かだということを忘れられるくらいに。それだけでも、一緒に過ごしてくれた二人には感謝しかない。

歯を磨き、明かりを落として潜り込んだふかふかのベッドの中で。俺はスマホの画面に目を凝らしていた。

アドレス。親父の名前。

恐る恐るメッセージをタップし、文字を入力する。

「今市内に来ている。明日の日中、少しでも顔を合わせないか」

会って欲しい人がいる——。そう付け加え、悩みに悩んだ末——送信ボタンを押した。

スマホを充電ケーブルに挿し、枕元に置いて布団の中で目を閉じる。どうせスルーされる。そう思ったのも束の間。すぐにスマホが震えた。

恐る恐る枕元に手を伸ばし、スマホを手に取る。メッセージが一件届いていた。

「仕事中だ。十二時半頃に十分ほどなら」

父親の、苦虫を噛み潰したような表情が頭に浮かぶ。どうして無視しなかったのだろう。こういう時に限って、俺の突飛なアポイントを受け入れるなんて。

頭の中をかき乱すように浮かんでくる疑念や戸惑いをかき消すように、スマホを置いて再び目を閉じる。

疲れは、あっという間に俺を夢の中へと誘ってくれた。久々に、母親に会えた。昼間に訪れた宮島の本堂を、一緒に巡っている。俺の記憶の中の母親は、いつも優しくて頼りになる存在だったが、夢の中で見た母親は無言で、少し切なそうな顔をしていた。

どんな感情なのだろう。俺やニコが、父親に受け入れてもらえるのか、不安に思っていたのか。それとも、父親のことを心配していたのだろうか。どう話しかけようか悩んでいるうちに、母親との時間は終わりを迎えた。

目を覚ますと、既にニコは洗顔と着替えが終わっていて、葵はまだ布団に包まって寝息を立てていた。

「葵ちゃんが目を覚ましたら、朝食バイキングに行こっか」

ニコが化粧をしながらそう提案する。ところが俺がトイレに行って着替えを済ませても葵は一向に目覚める気配がないので、仕方なく体を揺さぶって叩き起こした。

「眠いし足痛いし胃もたれが……」

「昨日はしゃぎすぎだろ」

明らかにコンディションが悪そうな葵をニコと二人で励ましながらどうにか支度をさせると、一階の食堂でバイキング形式のモーニングを食べた。

俺はトースト。ニコはサラダ中心、葵はフルーツをてんこ盛り。思い思いに持ち寄ったメニューを口に運ぶテーブルで、俺は二人に重い口を開いた。

「昨晩、父親にメッセージを送った。今日の十二時半くらいに、少しだけ時間が取れるらしい」

それを聞いた葵は一気に目が覚めたみたいに目を見開いて、「やるじゃないですか」と俺の背中を叩いた。

「……で、会って伝えるの？　葵ちゃんとのこと」

ニコがフォークでサラダを口に運びながら、心配そうに尋ねてくる。

「そうだな」

そのことしか頭になかったのだが、今思えば聞きたいこと、言いたいことは他にも山ほどある。

「私は……」

「お前は黙っててくれ。時間もないし、ややこしくなりそうだから」

「どういうことですか。きちんと挨拶する必要はあるでしょ」

こいつが口を開けば挨拶程度で終わる気がしない。とりあえず俺の口から葵を紹介して、軽く当たり障りのない会話を交わして……というイメージしか湧いてこなかったが、それで十分だろう。

「私は他で時間を潰しておくね。二人の問題だし、一緒にいたら不審に思われそうだから」

確かに、今のこの関係性を説明するのはいささか骨が折れそうだ。ついでに葵のことも預かっておいてくれないかなと思うが、そういうわけにはいかないか。

「ばっちり化粧しますね」

部屋に戻ると、葵が気合の入った表情で洗面台へ向かっていく。

「いや、いつも通りでいい」

以前気まぐれで葵がばっちり化粧を決めて出かけようとしたことがあったのだが、濃い化粧が全く似合っておらず、全力で止めた覚えがある。元々の顔立ちがしっかりしているから、更に強調するとバランスがおかしくなってしまうのだろう。

「気持ちは十分伝わってるから。お前はあんまり力みすぎるな。頼むぞ」

葵は渋々いつものほぼすっぴんに近い化粧とワンピースを装い、ホテルを出発した。ニコは当初の予定通り平和記念公園や資料館を巡ってくるらしい。

父の働くオフィス街は、昨日と同じ八丁堀行きの路面電車に乗って向かう。平日とはいえ朝のラッシュから少し落ち着いていたせいか、車内は座れるほど空いていた。

目的地の電停に到着し、下車すると、交差点を渡ってオフィスビルに入っていく。

「随分と大きい会社なんですね」

「ああ。ここの取締役やってるらしい」

大手保険会社の、広島支店。俺が子供の頃は他の地方の支店に勤めていて、何度か転校を繰り返した。中学に上がって以降は東京の本店に長く在籍したため、それ以降俺は東京で高校と大学に進学した。

広いロビースペース。受付で名前と用件を告げると、取り次いでくれるらしいので待ち合わせ用のソファーに座って父を待った。

ほとんど思いつきみたいに、ここまで来てしまった。相手は仕事中だ。それなのに前夜に急にメッセージを送って、顔を見せたいとか言ってきて。さぞかし迷惑だろう。

父に面と向かって会うのはおよそ十年ぶりだ。高校を卒業して以来、一度も関わり合うこともなく、お互いの人生を生きていた。今、どんな顔をしてるのだろう。俺のこと、どう思っているだろう。心臓がばくばくしながらあれこれ考えを巡らせていると、急に目の前に父は現れた。

「久しぶりだな」

並んで座る俺と葵の正面に、父は躊躇いなくどかっと腰掛けた。

はっとして、恐る恐る顔を上げる。髪を分けて整えて、しゃんとスーツを着ている。俺の顔を見ず、視線を落として時計を確認していた。

「悪いな。忙しいのに」

そう詫びた後は、言葉が続かない。葵が不安げに俺と父の顔を見比べ始めると、葵に視線をやった父が淡々とした口調で切り出した。

「急にこうして会いにきたってことは、大事な話があるんだろ？」

横に女性を連れてやってきている時点で、父にはおおよその事情は呑み込めたに違いない。そう察してやっと顔を上げた俺は、彼女は……と重い口を開いた。

「瀬川葵です。結婚します。よろしくお願いします」

俺が紹介する前に、葵がすっと立ち上がり、はきはきとした口調で挨拶をした。

黙っててくれって言ったのに。慌てて俺が「まだ籍は入れてないんだけど、もう一緒に住んでて……」と説明をすると、父は俺と視線を合わせることもなく、ぽつりと言った。

「良かったな。式は挙げるのか？」

「その予定は……ないな」

「祝い金ぐらいは包んでやる。また住所を送ってこい」

そして再び腕時計に目を落とし、立ち上がって背を向けた。

エレベーターへとゆっくりと歩みを進める父の背中を見つめながら、俺は考えていた。

用件は伝えた。これでいい。父は、何も変わっていなかった。そしてこれからも、父と息子という血縁以外で、一切の関わりを持たず、それぞれの人生を過ごしていくのだろう。

心の奥に、もやもやしたものは残っている。昨晩夢で見た切なそうな母の顔が、目の前に浮かんだ気がした。

「行くぞ」

隣に座る葵に、そう促す。しかし、すっと立ち上がった葵は、ロビー全体に凛と響くような声で、父に向かって呼びかけた。

「ちょっと待ってください」

驚いて葵の顔を見る。目を見開き、固く口を結んでいた。完全にスイッチが入っている。

そう身構えたとき、葵は両手の拳を硬く握りながら、更に言葉を続けた。

「息子さん、結婚するんですよ。嬉しくないんですか?」

父親が目を細めながら振り返る。あっけに取られたように葵のことを見つめながら立ち止まると、そこへ葵がつかつかと詰め寄った。

「良かったなって。なんで他人みたいなんですか。あなたの血を分けた息子ですよね。おめでとうって、どうして言わないんですか」

ロビーにいた背広の従業員たちや受付の人が静まり返り、不安げにこちらを見ている。そんな視線を気にしたのか、父がソファーの前までつかつかと戻ってきた。

「おめでとう。言葉が足りなかったな。これでいいかい？」

父が口元を緩めると、葵は今度は俺を睨みつけながら父を指差した。

「あなたも。もっと言いたいこと、言わなくちゃいけないこと、たくさんあるはずですよね。このままでいいんですか？」

葵の目は潤んでいた。悔しそうな顔で、必死で俺に訴えかけている。

そうだ——このままで、いいわけがない。

彼女の想いは、弱気になっている俺の背中を押してくれた。

静かに呼吸を整えると、父の姿をしっかりと見据える。そして、ずっと胸の中に抱いていた感情を、素直に言葉に込めた。

「——今まで育ててくれて、感謝しているよ。子供の頃から何不自由なく高校も大学も行かせてくれて。ちゃんとした会社に入れて、それなりに恵まれて人生を送ってこられた」

そしてぎゅっと口を結び、声に力を込め、父から目を逸らさずに言った。

「父さんに聞きたい。母さんは、幸せだったと思うか？」

俺の言葉に、父は視線を落とす。厳格な父親という姿そのままに、硬い表情を浮かべたままで。

「もう一度聞く。母さんは、父さんと結婚して良かったと思っていたのか？　父さんは、母さんの気持ちを考えたことがあったのか？」

　面と向かって父に自分の気持ちをぶつけたのは初めてかもしれない。父はしばらく押し黙ったのち、唇を噛みながら、ゆっくりと言葉を吐き出した。

「あいつは……母さんは。俺と結婚しなきゃ、もっと幸せに生きられただろうな」

　それを聞いて、俺は静かに怒りを噛み殺しながら、父に詰め寄った。

「幸せにするつもりはあったのかよ。母さんが喜ぶ顔が見たいとか、母さんの為に何かをしてあげたいとか。考えなかったのかよ。俺は一度も見たことがないよ。父さんが母さんを喜ばせてあげたところ。母さんは自分のことを顧みず、ひたすら俺と父さんの為に尽くしていたのに」

　葵は、俺の腕を掴んでいた。その手は温かくて、小刻みに震えている。

　父は俺の怒りに、怒りで返すことはなかった。会社の中で、人前で急に訪ねてきた息子に責められているという状況から逃げることもなく。ただただ眉を顰めて、目に力を込めたまま、俺と向き合っている。

　十数秒ほどだろうか。沈黙が辺りを支配する。そして父が、言葉を続けた。

「この会社がまだ規模が小さかったとき。俺には十人の部下がいた。ちょうどその頃だ。母さんと結婚したのは」

　父は俺たちの横を通り過ぎて、ソファーにゆっくりと腰を下ろした。

「大変な時期だった。俺は駆け出しの営業だが、主任として部署を引っ張る存在だった。俺の成果次第で、会社が生きるか死ぬか決まる。昼夜を問わずに働いた。やがてお前が産まれたが、抱っこすらしたことはなかった」

　俺の肩には、十人の部下の人生が掛かっていた――。そう告げた父は、悲しそうな顔をしていた。

「やがて事業が軌道に乗り、係長、課長へと昇進した俺には、百人の部下がついた。出世したいとか考えたことはない。俺を動かしていたのは、責任感だ。まだまだ途上の会社だった。ボーナスが出ない時もあった。少しでも部下たちが食っていけるように、上司として、誰よりも働いた。やがて支社も増え、年月を経て従業員数は千人を超えた。俺が何よりも尽力していた社員の待遇も良くなった」

　俺は、父が座るソファーの前に腰を下ろす。呼吸を整え、込み上げてくる感情をどうにか押し殺しながら、ずっとずっと言えなかった言葉を絞り出した。

「母さんが倒れたとき。どうしてすぐに帰ってこなかったんだ」

　そのせいで、ずっと父が憎かった。どんな言葉が出てくるのか怖い気持ちもあったが、どうにか平静を保ちながら答えを待った。

　父は一息吐いて、俺の目を見ながら切り出した。

「ちょうどそのタイミングで会社の不祥事が発覚して、対応に追われていた。会社が傾くどころか倒れかねない、重大な問題だった。俺は現場の責任者として、従業員の未来の為に――会社を守る必要があった」

知らなかった。そんな話は聞いたことがない。結局明るみに出なかったからなのか――。

俺が呆然としていると、父が沈痛な面持ちで頭を下げた。

「家に帰って、母さんの亡骸を見て――俺は、本当にこれで良かったのかと自問自答した。目の前に横たわっていたのは、もう引き返すことができないという現実だ。俺は、千人の部下たちの人生を守る代わりに、この世に二人しかいない、家族の人生を台無しにしたんだ――と」

俺はその言葉を聞いて、父が背負っていたものの重さを知った。

どうして母は何も言わなかったのだろう。父を憎んだり、罵ったりしなかったのだろう。今なら、分かる。知っていたからだ。父の責任感を。父の使命を。父が人生を掛けて守り通してきたものを。

俺はがっくりと項垂れたまま、弱々しくつぶやいた。

「ごめん。俺は――言えない。会社のことよりも、俺たち家族を大切にしてほしかったって。本当はずっとそう思っていたけど、そんなこと聞いたら――言えなくなるだろ」

俺が謝ったのは、父にではなく、母に対してだ。俺は母の為に怒っていたはずなのに。結局――自分が大切にされたかっただけなんだな、と思い知っていた。

父はソファーから腰を浮かし、軽くスーツを直し、俺に向かって言葉を掛けた。

「今更お前に対して、父親のような面をできるなんて思わない。俺にできるのは、祝い金を贈ることくらいだ」

　せめてそのくらいは包ませてくれ。結婚、おめでとう。

　最後にそう言い残した父は、今度は振り返ることなくエレベーターに乗り込み、閉じゆく扉と共に姿が見えなくなった。

　ずっとずっと心に溜まっていたものを吐き出し切ったせいか。しばらく俺はソファーに座ったまま抜け殻のように呆けていた。

　やがて隣を見ると、葵がぼろぼろ涙を零していて、驚いた。

「なんでお前がそんなに泣いてるんだよ」

　鞄からティッシュを取り出して拭き取ってやると、葵は俺の手からティッシュを奪い取って豪快に洟をかんだ。

「だって……悔しいじゃないですか。部下とか会社とか、知ったこっちゃないですよ。たとえどんなにたくさんの人を不幸にしてでも、拓海さんと、お母さんを守るべきだったんじゃないですか。あんなの言い訳ですよ。そうやって自分に言い聞かせて、少しでも楽になりたいだけじゃないですか。あー、腹立つ。悔しい」

　葵には、両親がいない。だからこそ、祖母のことを大切に想っていたし、祖母の愛情を受けて、ここまで生きてこられた。だからこうして俺の為に怒ってくれるのかもしれない。

「もういいよ。俺は、すっきりした」

　結論は、何も変わらない。俺と父の人生は、これから交わることはない。だけどそれは、俺と父が選んだ生き方だ。

「俺って、やっぱり父親に似てるんだな。今思えば、似たような生き方をしてきたんだ。もしあのままニコと結婚していても、父みたいに会社を優先して家庭を顧みない父親になっていたと思う」

「あのまま……結婚……？　そこまで考えていたんですか？」

盛大に口を滑らせた。慌てて鎮火しようと、素直に思いをぶつける。

「でも、お前と出会ったおかげで……俺は父親のような生き方をしなくて済んだ。お前には感謝してるよ」

「……本当ですか？」

疑いの目を向けてくる葵。でも心なしか嬉しそうに頬を緩ませている。

「俺はお世辞が苦手なんだ。いちいち嘘つかねえよ」

ソファーから立ち上がると、不思議と体が軽く感じた。時計を見る。十五分ほどしか時間は経っていないが、俺が背負っていた荷物を下ろして身軽になるには、十分すぎるほど長い長い時間だった。

オフィスから出ると、ちょうどニコが買い物から戻ってきて鉢合わせした。ホテルに帰りながら父と話したことを報告すると、葵と同じように「よかったね」と俺を労ってくれた。

「ニコさんって、プロポーズされたんですか？」

ホテルへと戻る路面電車の吊り革に摑まりながら、葵がニコに無垢な顔を向ける。

「え？　誰に？」

「この人に」

今更その話蒸し返すか？　俺はどぎまぎしながらどう言い繕うかと必死に考えを巡らせたが、ニコは吹き出しそうになりながら葵に向かって微笑んだ。

「されてないよ。付き合って長かったし、私はそろそろかなと思って期待はしてたんだけどね。だから、私が切り出した」

「切り出した？」

「うん。籍を入れる気はあるの？　って」

葵は俺の顔をじっとりとした視線で見つめながら、再度ニコに向かって続きを急かした。

「で、この人は？」

「――今はできないって。私からしたら、今じゃなきゃいつまで待たなきゃいけないのかって。それは失望したね」

路面電車が赤信号でブレーキを掛けて止まり、車体が揺れる。交差点の向こう側には、広島駅がもう見えている。

ふらつく葵の背中を、反射的に支える。ニコも手を差し伸べようとしていたが、それを見てそっと手を吊り革に戻しながら安堵の表情を浮かべる。

「でも、良かった。プロポーズ失敗して。この子にとっても、私にとっても。あなたにとってもね。みんな幸せそうだし、これ以上の未来はなかったと思う」

葵が、俺の顔をじっと見つめる。何を言いたいのか、なんとなく察しはついた。

「プロポーズ、しないんですか？」

やっぱり。ばつが悪くて窓の外に視線を逸らす俺を見て、ニコが揶揄うように俺を指差した。

「まだしてないんだ。前科二犯だね」

「勘弁してくれよ」

信号が青になり、駅前通りを渡った電車が、速度を落としながら広島駅に入線していく。

「私の旦那は事前に指輪も準備して、夜景を見た後に車の中でプロポーズしてくれたけどなあ。普段は真面目人間で、柄でもないし、めちゃくちゃ緊張してたけど。でも、私にとって忘れられない日になった。嬉しくて、何だか分からないけど涙が止めどなく出てきて。この人と結婚するんだって実感が、心の深いところから込み上げてきてさ」

「いいなあ」

葵がそう言って俺に冷たい視線を送る。

「今更だな。形から入るのは嫌だって言ってたのはどこのどいつだ」

「形から？」

「あ、いや。何でもない」

ニコには俺と葵は仮初の夫婦として一緒に住み始めた、という話はしていない。恐らく言わない方が賢明だと思い、ごまかすように話を逸らした。

「そういうのなくたって。もう十分だよ」

「何がですか？」

葵が不満げに口を尖らせる。

もう十分――俺たちは夫婦だ。そう言いたかったが、照れ臭さに負けて口には出せなかった。

停車した電車の出入り口に、乗客たちが流れていく。俺は葵が人波に揉まれないように背中を支えながら進んでいき、広島駅の喧騒の中へと降り立った。


広島で過ごした二日間の旅路。濃密で、一生忘れられない旅になったと思う。

仕事も一区切りつけたし。まだ動けるうちに、葵を連れてもっといろんな場所を巡りたい。時間はまだある――そう思っていた。

葵が倒れたのは、旅行から帰って二日後のことだった。

✧

「覚悟を決めてください」

午前四時。診察室で俺は、葵の担当医からそう告げられた。

広島への旅行から戻った翌日。葵は食欲がないと言い、歩けば足元がふらつくので布団に横になれと安静にさせた。

病状が進み、調子が悪くなることは珍しくなかった。旅行の疲れが出たのだろう。しばらく消化のいいものを食べさせて療養させ、具合が悪いままなら病院に連れていこうと考えていた。

しかし昨晩、葵の容体は急変した。布団の中でぐったりし、意識朦朧とした状態だった。ひどく汗をかいていて、驚くほど高熱を出していた。

すぐに救急車を呼び、病院へ緊急搬送。葵はやがて完全に意識を失い、ずっと付き添っていた俺の呼びかけにも応じなくなった。

搬送から数時間。手術室から集中治療室へと移された葵の容体は、予断を許さない状況が続いた。

待合室で俺は、祈ることしかできなかった。

覚悟をしろだって？　できるわけがない。余命一年と宣告されて、まだ半年しか経っていないというのに。

朝になって、ニコが病院にやって来た。仕事の予定だったが、有休をとって駆けつけて来たらしい。

「私のせいだよね。ごめんね。付き添っていたのに、結局無理させてしまって……」

よほど慌てていたのか。ジーパンにシャツというラフな格好のニコは、そう言って目に涙を溜めた。

「違う。あいつは自分の意志で、やりたいことをやり遂げただけだ。後悔はしていないよ」

俺だって、そう自分に言い聞かせたかっただけかもしれない。一人でいる間に、俺はずっと自分を責め続けていた。なんであいつがああなってしまうまで、どうにかしてやれなかったのか。兆候に気づいた時点で、無理矢理にでも病院に連れて行けば容体は急変しなかったかもしれないのに。

「お医者さんはなんて？　よくなりそうなの？」

ニコが俺に縋るような視線を向ける。覚悟を決めろと言われたなんて、言えるわけがない。

「信じろ。あいつは帰ってくる」

あんなに図々しいやつが、このままいなくなるわけがない。残された時間を、目一杯好きなことをして、楽しんで過ごしていく。そのはずだろ？

だから――死ぬな。

ひたすら祈り続けることしかできない俺たちは、黙って俯いたまま、会話もなくただただ待合室で時間を刻んだ。

ずっと食事もとっていないが、そんなことはどうでもよかった。あまりに見た目が憔悴しきっていたのか。あなたも体を壊したらいけないから、少し横になって休んできたら？

とニコが気遣ってくる。

俺は首を横に振った。あいつが闘い続けているのに。俺だけ休む気にはなれない。

集中治療室から白衣を着た先生が出て来たのは、その時だった。

「意識が戻りました。峠は越えたようです。声を掛けてあげてください」

その声を聞いて、俺は全身の力が抜け、床に膝をついてへたり込んだ。

「良かったね、拓海。行こう」

ニコが俺を背中から支えてくれてどうにか立ち上がり、集中治療室へと入っていく。

相変わらず全身に管を繋がれた痛々しい状態の葵だが、その目は薄らと開き、ぼんやりと天井を見つめていた。

「葵。ここにいるぞ」

俺が掠れた声を喉から絞り出す。

葵の視線が微かに泳いで、傍で覗き込む俺の目とピントが合う。カサカサに乾いた唇が、弱々しく動いた。

「な……て……」

「無理して喋らなくていいから。よく頑張ったな」

そう言って葵に微笑みかける。すると、葵が顎を上げて口を動かすので、腰を下ろして顔を近づけた。

「なんで……泣いてる……んです……か」

葵が小さな呼吸と共に吐き出した言葉は、確かにそう聞き取れた。

俺は自分の頬に手を当てる。止めどなく涙が流れて、頬を濡らしていた。

「お前が生きているからだよ、ばか。心配掛けやがって」

この両手からこぼれ落ちて行きそうだった、大切なもの。半年前。余命を宣告された者どうし、残りの時間を生きていくと約束した時から。いつかはこんな日が来ることは分かっていたはず。

でも俺は、そんな覚悟なんか全然できていなかった。

葵を失いたくない。俺が願い続けていたのは、その一心だけ。

俺たちに課された、余命一年という運命。

今回葵の身に起こったことは、いずれ近いうちに俺の身にも起こる——その事実を改めて、俺は思い知ることになった。

「葵ちゃん、ごめんね。私が止めていれば、こんなことには——」

ニコが顔をくしゃくしゃにして嗚咽する。

葵がまた何かを伝えようと口を開ける。顔を近づけたニコは、その声に耳を傾けた。

「……なんて言っているんだ？」

ニコに尋ねると、安心したように頬を緩めた。

「鹿、お好み焼き、猫……全部私のおかげ——だって」

そうだ。ニコが付き添ってくれたからこそ。俺たちは病気を抱えながらも、安心して旅ができた。

　ニコに感謝こそすれ、恨むことなんてあり得ないだろう。

「まだまだたくさんあるぞ。食べたことがないもの。会ったことがない動物。見たことがない景色。また元気になったら行こうな」

　俺が声をかけると、葵が目を細める。そうして、またすやすやと寝息を立て始めた。

　その後、葵の担当医に呼ばれ、俺たちは診察室に赴いた。

　先生の表情は固く、俺たちは息を呑みながら、先生の告げる現実を受け止めた。

「病状はかなり進行しています。たとえ一時的に体力が戻ったとしても、これまで通りの生活を送ることは難しいでしょう」

　当たり前だった夫婦としての日常が、もう戻ってこない。愕然としながら俺は、先生に縋るような視線を向けた。

「まだやり残したことがあるんです。葵が笑って家に帰ってこられるように……治療を。どうか治療をお願いします」

　先生は、何も答えてはくれなかった。葵にとって〝治る〟という見込みが薄い事は、その様子から窺えた。

　辛かった。自分の病気が体を蝕んでいくことよりも、葵の命の火が消えかかっているという事実が、何より俺の心を締めつけた。

　診察室から病室に戻ると、葵の寝顔を見つめながら、ニコが覚悟を決めた様子で俺に切り出した。

「私はこの先どうなろうと……二人のことを支え続けていくから」

俺はニコに向かって、どういう顔をしたらいいのか迷いながら、しゃんと背筋を伸ばして明るく答えた。

「ありがとう。でも、自分の家族も大切にしてくれよ」

ニコの優しさと責任感が、何よりも心に沁みた。彼女と一緒にはなれなかったけど、この人生の中で出会えたことに感謝の気持ちでいっぱいになった。


それから一週間が過ぎ、一ヶ月が過ぎ——。寝たきりの状態になった葵は、体を蝕んでいく痛みと闘いながら、懸命に治療を続けた。そんな努力の甲斐もあり、体調が良い日は車椅子に乗って院内を散歩できるほどに、葵は回復していった。

「私、退院します」

病室には、秋が訪れていた。天気のいい昼下がりに、換気のために開けた窓からやや肌寒い風が吹き込む中。唐突に、葵がそう告げた。

「いいのか？　先生の許可は？」

「ありません。でも、もういいんです」

「ダメだろ。まだちゃんと治療を続けないと」

一歩も引かないという様子で、葵は俺に訴える。

「このまま病院という狭い世界だけ生き続けていくのはもう嫌なので」

「でも……」

「もう決めたことです」

俺は、その提案をすんなりと受け入れられなかった。どんな形でもいい。少しでも長く。でも、それは俺のエゴだ。病室に横たわったまま、何もできずに細々と残り少ない人生を送っていく。そんな日々を葵に押し付けるなんて。やっぱり俺にはできない。

彼女と共に過ごす時間が、続いて欲しかったから。

「あと一年、生きられなくてもいいです。私は、家に帰ります」

そう言って、葵が朗らかに笑う。彼女の中の〝生きる〟という灯が光り輝いている。

俺は決心した。彼女の意思は、俺の意思だ。最後まで、彼女に寄り添おう。それが、俺が今生きる目的なのだから。

俺と葵は、回診で病室を訪れた先生に告げた。

「私たちは、帰ります」

夫婦として共に過ごす時間。止まっていた時計の針を、再び動かすために。

「退院おめでとう！」

病院で過ごす最後の日。花束を持って祝福してくれたニコが、車椅子の葵を力強く抱きしめた。

「大袈裟ですね。それを言うなら、歩けるようになってからにしてくださいよ」

葵はここ数週間、必死で歩行訓練に取り組んできた。車椅子から立ち上がり、歩行器に摑まり、ゆっくりと一歩。また一歩を踏み出す訓練は、途中で崩れ落ちようと、倒れようと続けられた。

「別に車椅子でもいいですけど……やっぱり私は自分の足で歩きたいんです。病気に対するせめてもの意地ですかね」

「そう。頑張ってね。私も手伝うから」

ニコは歳の離れた妹のように、愛しそうに葵の頭を撫でた。

「また子供扱いして。ちょっと背が高くて足が長くて細いからって……」

「全部褒めてんじゃん」

俺が茶々を入れると、二人が顔を見合わせて笑う。

ニコが手配した介護タクシーに車椅子を乗せ、俺たちは病院を後にした。

葵自身はもちろん、俺もニコも分かっている。これが最後の入院になるってことを。

「もし私が次に意識を失ったら、延命措置はとらないでください」

退院をする数日前。葵は俺にそう約束させた。

葵らしいなと思ったが、やっぱり胸が締め付けられた。自分が自分でいられなくなった時。それが運命だと。その瞬間まで、彼女は精一杯生きるつもりなのだろう。

「拓海は、どうするつもりなの？」

葵が乗る介護タクシーの後ろで、ニコは運転する車のハンドルを握りながら、真剣な表情で俺に問いかけた。

「どうするって？」

「その……もし一人になったら」

俺は助手席で、はにかみながら答えた。

「葵と一緒だよ。最後までできることはやる。それだけだ」

ニコは唇をぎゅっと結び、黙って頷いた。彼女はこれからも俺たちに尽くしてくれるだろう。でも、なるべく自立したまま、最後まで生きていきたい。

俺の体は、すでにがんが全身に転移している。いつ葵のようになってもおかしくはない。しかし、俺は自分でも不思議なくらい冷静に、迷惑をかけないよう事前に身辺整理を進めて、動けなくなった時にどう対処していくのか、考えていた。

もちろん怖さはある。それはなくならないだろう。

それも含めて、俺は……いや、俺たちは懸命に生き抜いてやる。俺はそう心に決めていた。

「あのさ。この間、あなたがいないときに病室で葵ちゃんが言ってたんだけど……」

「なんだ？」

これ、言ってもいいのかな？　といった様子でニコが迷いながら話を始める。

「ウェディングドレス着たんですか？　って聞いてきてさ。披露宴の時の写真、見せてあげたんだ。そしたら、綺麗ですねって。食い入るように見つめてたよ」

なんだそれ。俺にそんな素振り、全然見せなかったくせに。

「着てみたいの？　って聞いたら、別にってそっぽ向いたけど。だったら何で聞くのかなって不思議に思って。興味あるのは間違いなさそうだけど」

「結婚式かあ……」

俺は正直、何度もイメージしたことがある。あいつのウェディングドレス姿。共にバージンロードを歩く光景を。

「どうして挙げなかったの？」

ニコが素朴な疑問をぶつけてくる。

「半年くらい前に、一緒にブライダルフェアには行ったんだよ。でもあいつ、その時は全然興味なさそうでさ」

ニコは窓の外を移りゆく景色に視線を送りながら、悩ましげな表情を浮かべた。

「変わったんじゃないかな。葵ちゃんにとって、あなたと挙式するっていうことの意味が」

まあ、本人に聞いてみないと分からないけどね、と付け加えてニコは小さく微笑んだ。

マンションに到着すると、俺たちは車椅子の葵と共にエレベーターで上の階へと上がる。俺が玄関の扉を開け、葵がニコに付き添われて部屋に入ると、驚いた表情で俺の顔を見つめた。

「どうしたんですか、これ」

「お前が帰ってくるって決まって、準備してたんだよ」

玄関先には、室内用の車椅子。動線を確保するため、通路の周りは整理した。トイレと風呂には手すりを取り付け、ベッドも介護用のものに買い替えも済んでいる。

葵はじろじろと部屋の中を見渡しながら、切なそうに眉を顰めた。

「変わっちゃいましたね」

「そうだな」

傍では、ニコが心配そうに葵の顔を見つめている。俺は葵の傍らに腰を下ろし、そっと肩を抱いた。

「今まで通りでいい。ここはお前が最後まで、自分らしく過ごすための空間だ」

葵は仄かに目を潤ませたまま俺の方に顔を向け、しばし無言で視線を重ねた。

「私、お邪魔っぽいから帰ろっかなー」

ニコがからかうように俺の背中を優しく押して、玄関を開けながら手を振る。

「悪いな。色々と手助けしてくれて」

「いいよ。また何かあったら遠慮なく言ってね」

そう言ってニコはマンションを出て行った。部屋の中で二人きりになって、背を向けていた俺の袖を、葵が黙って引いてくる。

「……ただいま」

俺は振り返り。葵の顔を見つめた。恥ずかしそうに俯いて、目を背けている。

「おかえり」

彼女の肩に手を回し、細く、小さくなった背中を胸に抱いた。

ずっと二人でここで過ごしていたはずなのに。こんなふうに彼女のことを想っている自分は初めてな気がした。

静かに流れる時間。秒針のように、彼女の心臓の鼓動が伝わってくる。何も考えずにその音に体を委ねていると、彼女がふと口を開いた。

「聞こえました？」

「え？」

「お腹鳴ったの」

そっと腕を解き、彼女の顔を見ると、悪戯っぽく笑ういつもの葵がそこにいた。

「仕方ねえな。飯にするか」

俺は葵をベッドに座らせ、キッチンに立った。米を炊き、その間に味噌汁を作ると、炊き上がった米の上にほぐした明太子と焼き海苔を乗せて、葵のもとへ運んでいく。

「うわー。ずっと食べたかったんですよ」

葵は子供のようにはしゃぎながら、大好物の明太子を口に運んでいく。病人とは思えないスピードで俺よりも先にあっという間に平らげて、大きく伸びをして俺に目配せをした。

「ご馳走さま。明日は私が作りますね」

「何を作る気だ？」

「決まってるじゃないですか。得意の卵料理ですよ」

「……頼むから大人しくしててくれ」

それから夕方までたくさん話をしながら、部屋の中で歩く練習をした。それから交代で入浴をして、テレビで映画を見ながら微睡んで。夜は食欲がないという彼女にお粥だけを作って、俺はレトルトのパスタを黙々と食べた。

夜の十一時。寝る準備を整えて、彼女はベッドに。俺は布団に潜り込む。

壁に貼られた紙を見つめながら、ニコと話したことを思い出す。

今日という一日が、同じように明日も訪れるとは限らない。だからこそ、悩んだり躊躇っている時間はない。

「なあ、葵」

もう寝たかと思ったが、葵はゆっくりと寝返りを打ちながら「何ですかあ」と欠伸混じりに声を出す。

「そういえば……俺たち結局さ。式……挙げてないよな」

少し間をおいて、葵が疑問混じりに声を返す。

「そうでしたっけ？」

「惚けやがって」

俺はため息をつきながら葵の方に顔を向けた。

「何でですか？」

「え？」

「式、挙げたいんですよね。どうしてですか？」

「だって、そりゃ……」

夫婦なんだから、というありきたりな答えが頭に浮かんだが、それだと有耶無耶のまま終わってしまった半年前のブライダルフェアの時と変わらない。

ベッドの中から葵が、眉を寄せながらじっと俺を見ている。俺は心の中の素直な気持ちを、とっさに手探りで探した。

すると、俺の中のイメージが形となって浮かび上がってくる。見つけた。これが答えだ。

俺はそいつをしっかりと握りしめて、彼女に差し出した。

「お前のウェディングドレス姿……見たいから」

「へ？」

彼女が呆気に取られたように目を見張る。

「何度も言わすな。悪いか。ずっとずっと見たかったんだよ」

絶対に可愛いと思う。綺麗だと思う。だからこそ、目に焼き付けておきたい。隣に立つものとして。夫として。

気持ちを伝えた俺は、悶々として答えを待った。灯りを消した部屋で、速くなる胸の鼓動を抱きしめながら。

ふう、という彼女の息を吐く音が、優しく俺の鼓膜を撫でた。

「仕方ないですねえ」

嬉しそうな声だった。俺は安堵と共に、照れくさいのをごまかしながらぼやく。

「お前だって本当は着たかったんだろ。感謝しろよ」

「着てあげるんです。感謝するのはあなたです」

本当に素直じゃないな。それからお互いに茶々を入れ合うように暗闇の中で会話を交わして、やがて葵が寝息を立て始めた。

俺も、布団の中で目を閉じる。本当は、夜は怖い。少しずつ迫りくる命の期限と、嫌でも向き合わなければいけないからだ。

でも、俺は明日がやってくるのが楽しみになっていた。たとえ終わりが近くても、前にしか進めないのが人生だ。それに喜びを感じられる俺は、未だかつてないほどに幸せな気がした。

「お久しぶりでございます。お待ちしておりました！」

　以前と同じように、プランナーさんが店頭で出迎えてくれる。しかし今回は三人。葵の事情は事前に伝えていたので、総出で介護タクシーから車椅子を降ろすのを手伝い、店内まで補助をしてくれた。

「あれからご入院をされたと伺って……大変でしたね。でも、良かったです。こうしてまたお手伝いをすることができて」

　カウンセリングルームで、再び担当になってくれた鹿嶋さんが丁寧に会釈をしてくれる。以前に比べて髪が短くなっていて、体形もほっそりとしていた。これまでほとんど運動はしていなかったらしいが、今は趣味で始めたボルダリングに熱中しているらしい。しばらくぶりに会う人は、すごく変わったふうに感じる。俺がそう言うと、鹿嶋さんは「奥様も、旦那様も。随分と変わられましたね」と微笑んだ。

「ずっと一緒にいるとなかなか気づきにくいものですけど……人って毎日少しずつ、変わっていっているんですよね。こういう人生の大切な日のお手伝いをしていると、ふと考えるんです。何年か、何十年か経ってこの日を思い返して、素敵な一日だったって思えるようにご相談をさせていただくんですけど……私は結婚式という日をピークではなくスタート地点にしてもらって、夫婦としての歳を重ねていく毎日こそが、かけがえのないものだって気づいてもらえるようにしたいと思っているんです」

ピークではなく、スタート地点、か。俺は心のどこかで焦っている思いを見透かされたような気持ちになって、彼女の言葉がすっと腑に落ちた。

「でも私、もう長くはないですよ」

車椅子に座る葵が、きょとんとした顔をする。

「えっ。長く……そんなに悪いんですか？」

言ってはならないことを言ってしまったのかと思ったのか、鹿嶋さんが青ざめた顔をして手で口を覆う。

「あー、気にしないでください。冗談です」

慌てて取り繕うが、葵は空気を読まずにさらに続ける。

「ひょっとしたら、数日後に、いや、明日……私の人生は終わるかもしれません。それでも、スタート地点になりますか？」

悪気があって言っているわけじゃないのは分かっている。でも、これだけは言わなきゃいけない。

「こら。困ってらっしゃるだろ。あんまりずけずけと言うんじゃない」

「だって」

俺は鹿嶋さんに何度も頭を下げて、葵を窘めるように言った。

「この人が言ってくれているのは、結婚っていう形が夫婦にとってのゴールじゃなくて、そこから始まる日々こそが大切だってこと……」

「じゃあ、結婚式って何なんですか？　どうして挙げることに意味があるんですか？」

葵は、不思議そうな顔をして俺を見つめている。

「それは、言っただろ。お前のウェディングドレス姿を見たいからって」

「……それは分かります。でもだったら、ドレスだけ着ればいいってことになりませんか？」

何か言わなくちゃと必死に頭を抱えている鹿嶋さんを尻目に、俺は考えた。

確かに、結婚式を挙げる必要があるかというと、そうではない。挙げない夫婦もいる。むしろ最近は多数派だと聞いたこともある。

「意味は……あります」

押し問答する俺たちに向かって、鹿嶋さんが意を決したように切り出す。

「実際に結婚式をされた方のほとんどが、迷ったけど式を挙げて良かったって言われます。その一番の理由は、人生において自分が主人公になれる、数少ない機会だったからです。自分が生まれてきた時と、お葬式もその機会ではありますが、実際に祝福されることで幸せを感じられるのは結婚式が一番だった……と」

「祝福される？」

葵が首を捻る。

「そうです」

鹿嶋さんが両手の拳を握り、力強く頷く。

そうか。そういえば式に誰を呼ぶのか、具体的には考えていなかった。

「私を祝福してくれる人なんて、いませんよ」

葵がまたため息をつく。俺は黙って彼女の手を握った。

「俺がいる。ニコだって、式には来てくれる。俺もニコも、お前がどれだけ頑張ってきたか知っているし、大切に思っているぞ」

精一杯想いを伝えると、葵が安心したように微笑んで、鹿嶋さんの方に向き直る。

「ドレスって、今日着られるんですか？」

鹿嶋さんは目を輝かせて、何度も頷きながら立ち上がった。

「もちろん！　たくさんご用意していますよ。ご案内いたしますので、納得がいかれるまでじっくり選んでください」

そうして俺たちは何百着というウェディングドレスが保管された衣裳室に招かれ、葵はここのところ見たことがないほどにテンションが上がっていた。

「これも、これも可愛い。あーこっちも捨てがたい」

次々と目移りする葵。俺と鹿嶋さんは手に持ちきれないほどのドレスを運んで、試着室へと移動する。

俺は小さなベンチに座って、カーテンの向こう側で着付けをしてもらう葵を待った。数分後。「開けますね」と言う鹿嶋さんの声と共にカーテンが開き、俺は思わず息を呑んだ。

「……どうですか？」

葵が着ていたのは、可愛らしいピンク入りをベースにした、大きなリボンが幾重にも重ねられたデザイン。童顔で、背が低くて顔が小さい葵には、びっくりするくらいよく似合っている。

「いいと思う……うん」

俺が感嘆の声を漏らすと、葵は腕を組んで鏡を見つめ、納得がいかない表情のままカーテンを閉めてしまった。

そこからが長かった。何度も何度も試着を繰り返し、ようやくドレスが決まった時には昼を過ぎていた。

「お疲れ様でした。当日は良い式になるように、精一杯努めさせていただきますので、引き続きよろしくお願いいたします！」

そう言う鹿嶋さんの顔が一番疲れたように見えたが……俺は彼女に会釈をして、車椅子の葵と共に介護タクシーに乗り込んだ。

「納得のいくドレスは選べたか？」

俺が車内でそう問い掛けると、葵は疲労の色を見せながらも、満足げに笑顔を見せた。

「もちろん。当日まで頑張って生きなきゃいけませんね」

また縁起でもないことを。かく言う俺も、日に日に体力の衰えや体の自由が利かなくなっていることを嫌でも実感している。

「そりゃ、お互い様だな」

そう言って笑い合いながら、俺たちはアパートへと戻っていった。

✧⁺˚・

結婚式まであと一週間。

通常挙式までにかける準備期間の平均は、およそ八ヶ月と言われているらしい。しかし俺たちにそんな時間はない。鹿嶋さんには無理を言って急ピッチで会場の確保とスケジュールを組んでもらった。

式に参列するのは、俺と葵、そしてニコの三人。親族や友人を招待すると、リストを作成したり招待状を送ったり返事を待ったりと時間がかかってしまう。

「お父さん、式に呼ばなくてもいいの？」

夜の八時ごろ。具合の悪そうな葵に薬を飲ませ、落ち着いて眠りに入るのを見届けたあと。ニコから電話が掛かってきた。

目的は式の日程や内容の確認だったが、ゲストが自分だけだと知ると、心配そうに切り出してきた。

「ああ。忙しいだろうしな」

結婚すること自体は報告したし。それ以上は父親の手に余るような行動をしたいとは思っていなかった。

「忙しいだろうけどさ。それでも参加するものでしょ。一人息子の挙式だよ？」

それは通常の親子関係なら……の話だろう。

「来ないと思うけどな」

電話の向こうのニコが、言って聞かせるように語気を強める。

「思うけどな、じゃなくて。呼んでみたら？　もし断られたとしても、それはあなたに気が引けているだけかもしれないんだから、また言ってみなよ。何も行動しないで済ませちゃったら、後悔するよ」

「ああ……そうかもな」

俺は曖昧に笑いながら、言葉を濁してごまかした。

「全く。他にも、本当は呼びたい人いるんじゃないの？」

「いや、いないよ」

会社の同僚。大学、高校時代の同級生。地元の友人。人間関係が希薄というわけではないが、式まであと一週間という事情から、迷惑をかけるのは躊躇われた。

「別にお披露目したいわけじゃない。俺たちの中で、きちんと夫婦として式を挙げるって目的を果たせればいい」

「でも……」

ニコが反論したそうに食い気味で言葉を遮る。

「高校時代からずっと思ってたんだけど。あなたは、もっと評価されるべきだと思う。周囲の為を思ってあえて厳しく言ったり、嫌われ役を買って出るようなことをしてくれたのに……報われたいとか、感謝されたいって欲が全然ないというか。私から見て、腹立たしいくらい。だから、こういう機会こそあなたが報われるような、そういう式にするべきだと思う」

結婚を決断できなくて別れることになった元カノにそこまで言ってもらえることがあるのだろうか。俺は内心救われたような気持ちになりながら、正直に自分の気持ちを告げた。

「うーん……むしろそういうのって苦手なんだよな。褒められたり、感謝されることに慣れていないっていうか。結局会社でも上司や部下に評価されることはなかったし。自分の信念に基づいて行動して、結果を残したいっていう責任感は強いとは思うから、それを果たすために周囲にも厳しくする必要があるからしただけなんだよな」

ニコは悔しそうにため息を吐いて、言葉を押し殺すように呟いた。

「あなたがそう思うんならまあ……仕方がないんだけど」

俺の中で、ニコには甘えられるというか……悪く言えば、迷惑をかけてもお互いに揺るがないという信頼関係がある。それは、葵を交えて行った旅行を通じて、より強くなった気がする。

「悪いな。お前も忙しいのに。俺たちのこと、ずっと気にかけてくれて」

月並みだけど、葵と俺がいなくなっても……彼女には旦那と共に長く幸せに人生を生き抜いてほしい。心からそう願っている。

「友達でしょ。役に立ちたいって思うのは当然。だから、気にしないで」

やがて俺はニコとの数分間の通話を終えた。ニコは葵とも話したがっていたが、調子が悪くて寝ていると告げると、心配そうにしていた。

葵の様子を見に行くと、熱があるのか、汗をかきながら、苦しそうに寝返りを打っていた。

「大丈夫か？」

俺が声をかけても、反応がない。夜になるとこうして熱が出ることが多い。無事に朝を迎えられればいいが……と不安に押し潰されそうになりながら、俺は灯りを消す。

✧⁺。.

翌朝。結婚式まであと六日。

葵は、俺よりも先に目を覚ましていた。

「これの続きが読みたいんですよ。でも一日に読める話数に限りがあって、すごく焦れったいんです」

スマホのアプリで読める連載漫画のようだった。歴史物で、調べると単行本で八十巻ほどある大作だ。

「それぐらい俺が課金してやるから。読める時に読んどけ」

俺が財布からクレジットカードを取り出して葵に手渡すと、ぷいとそっぽを向いて口を尖らせた。

「別に。そういうことが言いたいんじゃないですよ」

その様子を見て、俺ははっとしてカードを引っ込めた。

「悪い。調子はどうなんだ？」

「ちょっとだるいですけど。今なら何か食べられそうです」

葵は、日々を生きることにこだわりがある。寿命が、と過剰に気を遣わない。病と付き合いながら、当たり前の日常を送っていく。

「お粥とか、お茶漬けか？　消化にいいものなら、素麺とかもあるし」

俺がキッチンに立ってシンク上の棚の食料を確認すると、葵がベッドから起き上がり、車椅子に乗り込もうと体を動かし始める。

「おい、どうした。無理はするなよ」

俺の心配をよそに、葵はつらつとした表情で俺に向かって手を上げた。

「今日は、私が作ります」

「え？　おいおい。無茶するなって」

「無茶じゃありません。あなたは座っていてください」

自力で車椅子に乗り込むと、葵は車輪を回転させながらキッチンまでやってくる。

「おにぎり作ります。座っていてください」

それから押し問答の末、壊れたおもちゃみたいに無機質な声で「座ってください」と繰り返すので、仕方なく炊飯器と米を葵の手が届きそうな場所にセットして、ソファーで待機することにした。

なんだか懐かしいな。このそわそわする感じ。前にもあったが、その時に起きた悲劇のことはもう思い出したくもない。

炊飯器のスイッチを押す音が聞こえてきて、彼女が冷蔵庫の扉を開け閉めしている様子が目に入る。無事に米はセットできたみたいだが、果たして何を具に入れようとしているのか……。

米が炊けるまでの数十分。本当なら手が空くはずなのだが、彼女は不気味なほどにゴソゴソとキッチンを動き回り、準備を進めている。

やがて炊飯器のアラームが聞こえてきて、カチャカチャとしゃもじで米をよそう音や、箸で何かをかき混ぜる音、そしてなぜかお湯を沸かす音も聞こえてきた。

ずっと聞き耳を立てているのも変だが、あまりに心配すぎてどうしても耳に入ってくる情報を遮断することができない。一度葵が「熱っつ！」と叫び、バランスを崩してまな板に手をついて大きな音を立てたので駆けつけようとしたが、「来ないでください！」と一喝されて渋々ソファーへと戻った。

さらに数十分後。「できた！」という明るい声と共に、お盆に載っけたお皿に幾つもの白米の塊を並べた葵が、ダイニングテーブルへと戻ってきた。

「おお、すげえ」

綺麗な形のおにぎりたち。じわりと汁っぽいものが垂れ出ていたり、明らかに中身と分かるものが飛び出しているものもあったが、敢えて触れなかった。

「お腹空いてますよね？　どうぞ遠慮なく食べてください。お腹空いてますよね？」

敢えて空腹であることを強調するところに目に見えぬ圧を感じる。食べられないから、という退路を露骨に断ってきやがって。

「じゃあ、これから……」

俺はまず、見た目で何が入っているのか既に分かるおにぎりに手を出した。

「和風おにぎりですね」

葵が説明を補足する中、一口齧る。うん、想像通りの味だ。

「どうですか？」

「別々に……食べた方が美味しいんじゃねえか？」

俺が首を傾げながら正直にそう告げると、葵が顔色を窺うように眉を顰めた。

「すいません。もしかして、たけのこ派ですか？」

「……そういう問題じゃねえ」

俺は米の塊に無数に突き刺さっているきのこの山を指差しながらそうぼやいた。

「じゃあ、次。これどうぞ」

米の中から汁が垂れている。手に持っただけでポタポタと勢いよく雫が垂れ落ちた。

「食いにくいな……いただきます」

そう言って口にした瞬間。俺はどうコメントしたらいいものか悩みながら、とりあえず
「うまい」とだけぽつりと告げた。

「本当ですか？」

「ああ、味はな」

言い方が引っかかったのか、葵が不満げに口を尖らせる。

「じゃあ、なんでそんな顔するんですか」

俺は手に持った奇妙なおにぎりを見せながら、首を傾げた。

「うまいよそりゃ。カレーなんだから。でもな。敢えて米の塊の中に包んで食うことに必要性を感じないというか……しかも漏れてるし。普通に皿によそってスプーンで食えば
……」

お湯を沸かしていたのは、コレか。レトルトのカレーのストックがそういえばあったな。

「なんですか、さっきから。普通普通って。誰でも作れるもの作ったってしょうがないじゃないですか」

それは一定レベルの料理を当たり前にこなすことのできる人間の言う台詞だろ、と喉まで出かかったが、機嫌を損ねても仕方がないし、まだおにぎりも残っているのでとりあえ

ずそれを食すことにした。

最後に皿に残っているのは、形の綺麗な白米の塊。かじってみるまで、どんな味なのかは全く想像がつかない。

息を呑みながら、手にとって口に近づけていく。葵も、その様子を固唾を呑んで見守っている。

口を開けて、少し大きめに齧る。咀嚼する。ん？　と思って、もう一口かじって、中身に目を凝らした。

「うまい。これはいける」

本当に正直に、口から言葉が出てきた。どんなものが入っているのかと身構えていたのが情けなくなるくらいに。

「でしょ。何度も練習して作れるようになった、唯一のものですから」

だし巻き卵だ。しかも、きちんと火が通っていて、出汁の味と甘みもある。

「しかも……以前食べたやつよりうまい。これが、おばあちゃんの味ってやつか」

葵は照れたように頬を掻きながら、夢中でおにぎりを頬張る俺の顔を見つめた。

「違います。結局、分からないんですよ。おばあちゃんの味の作り方。だから、それは私の味です」

俺は頷きながら、彼女の頭を撫でた。

「うん。この味がいい。米とも合うし。ああ、良かった」

「……良かったってなんですか」

極限までハードルを下げていたせいだとは口には出せなかったが、彼女の作った起死回生のおにぎりが予想以上にうまかったのは事実だ。それは認めなければいけない。

「美味しかったよ。作ってくれてありがとう」

素直に礼を述べると、彼女は「どういたしまして」と笑って、崩れ落ちるように俺の膝の上にもたれかかった。

「おいおい。大丈夫か？」

「疲れました」

「無理して動くから」

結局自分は何も食べてないし。何か作ろうかと聞こうとすると、彼女が上目遣いに俺を見つめながら目を細めた。

「どうしても作りたかったんですよ、ご飯。美味しいって言ってもらえて、良かった」

「おお、美味しかったよ。また作ってくれよ」

彼女の髪を優しく撫でながらそう微笑むと、彼女は困ったように視線を下げて目を瞑り、そのままあっという間に寝息を立て始めた。

本当にどういうつもりだったのだろう。体力も落ちて、動くのがやっとなのは分かっているはずなのに。彼女なりに、何か意図があったには違いないけど。

俺は彼女をそっとベッドに運んで、キッチンの後片付けをした。彼女が焼いた卵の匂いが、微かに残っている。

その後は鹿嶋さんと電話で結婚式の打ち合わせをし、昼過ぎに目を覚ました葵と映画を鑑賞した。

外は雨が降り出したのか、夕方には気温が下がってきたので暖房をいれる。指先が冷えるので、俺たちはずっと靴下も穿いたまま。

十一月。冬はすぐそこまで迫っている。

✧⁺。.

結婚式まであと五日。

雨の匂いが立ち込める、芝生のグラウンド。俺は肩を濡らしながら、葵の体と車椅子を覆うように傘をさしている。

ビニール傘を叩く雨音を聞きながら、葵は誰もいない遊具を見つめていた。

時計台は正午を指している。今日は平日だが、天候さえ良ければ小さな子供たちが走り回っている時間帯だ。

「子供の時、一人でずっと靴飛ばしをして遊んでいたんです」

葵の掠れた声が、湿った空気を繊細に揺らす。

「靴飛ばしって。ブランコに乗ってか?」

「そうです。片足の踵を踏んだまま勢いをつけて……飛ばします」

そう言って、葵が辛そうに頭を下げ、虚な目をして再び顔を上げる。

朝になって葵がどうしても今から公園に行きたいと強く言うので連れてきたが……正直外出をするのも躊躇うほど、葵の体調は悪い。

「ていうか。なんで一人？　近所に、同じ年頃の子供くらいはいただろう」

「いましたよ。でも、一人で遊ぶのが好きだったんです。自分でルールを決めて、公園というスペースを自分の色の世界に塗り替えて。陽が暮れるまで、心置きなく走り回るのがすっごく楽しくて」

葵らしいなあ、と俺は微笑ましくなった。

「そうか。で、どこまで飛ばしたんだ？」

「公園沿いの家の庭まで。屋根に乗ったことも、窓に飛び込んだこともあります」

「飛ばしすぎだろ」

本当なのか冗談なのか。今の葵なら、水平線の彼方まで飛ばしたとまで言い張りそうだ。

「もちろん、小さい子に当たったりしないようにコントロールはしてましたよ。飛距離よりも大事なのは、精度ですから」

「屋根に乗るのはいいのかよ。ていうか、ちゃんと回収できたのか？」

葵は不敵に笑いながら、悪戯っぽく俺の裾を引いた。

「バレないように取りにいくのが楽しいんじゃないですか。怒られないうちに回収して、無事に戻ってくるまでがミッションですよ」

迷惑な子供だなあ。俺も幼少時代は割と活発だったと思うけど、そこまで無茶をした覚えはない。

「もしさ。俺たちの子供が、そういうことしてたら。お前ならどうする？」

葵の横顔が上気して、恐る恐る俺の顔を見上げる。冗談でも喩え話でも。俺が、俺たち夫婦の子供の話を切り出したのは、初めてだった。

「当たり前じゃないですか。引っ叩きますよ」

「自分はいいのかよ」

「だって。どういう教育してるんだって。私が怒られるじゃないですか」

つくづく勝手だなあ。あれだけ自由奔放に生きているくせに。怒られるのは嫌らしい。

雨脚が強くなってきて、横から霧のような水滴が頬を打つ。俺は車輪がぬかるみを踏まないように気をつけながら、車椅子を木の陰に移動させた。

「私、実は何度もイメージしてたんです。もし三年後、五年後があったなら。私たち、ここにこうして何度も足を運んでたのかなって」

それは、俺がさっき切り出した喩え話についてだろう。マンションの目の前にあるから何度も通りかかってはいたけど、葵がそんなことを考えていたなんて、正直意外だった。

ここは天気が良ければ、親に荷台を摑んでもらったまま自転車の練習をしたり、輪になってバレーボールを打ち合ったり、遊具で鬼ごっこをする子供たちで賑わっている。

俺は湿気に満ちた仄暗い空を見上げながら、架空の未来に浸った。葵の言う、私たち、には、ほかの何人かが含まれていたのだろう、と。

「鬼ごっこ、しませんか？」

葵が冗談の混じっていないトーンで俺に呼びかける。

「質問。誰が誰を追いかけるんだ？」

愚問とばかりに葵が俺をじろりと睨む。

「私が逃げるんです。捕まえてください。いいですか？」

心の準備が整っていないうちに、葵が車椅子のハンドリムに手をかける。

「やめろって。そんなことしたら……」

うっと唸るように声を絞り出して、葵が少しずつ車椅子を前進させる。俺はそれに合わせて傘を前に出す。

しかしそこで力尽きて、肩で息をしながら俺の腕に縋りついた。

「ほれ見ろ。無理するから」

俺は葵の肩を抱きながら、窘めるように声をかける。葵の顔は雨雫でびしょびしょに濡れていて、顔を伏せたまま唇をぎゅっと噛んでいた。

「もし、私が逃げ切って。見つからなかったら。どこにもいなくなったら……どうしますか？」

声が震えている。俺は葵の顔を覗き込むのをやめて、広々とした公園の全景を見渡した。

葵がどういう意図で言ったのかは分からない。でも、彼女の気持ちは、俺たちを包んでいる湿った冷たい空気と同期されたみたいに、俺の心に届いていた。

「俺も逃げるな。そしたら、探し回らなくて済むし。そうして逃げ回っているうちに、どこかで会えるような気がするから」

そうすれば、鬼のいない鬼ごっこだ。

俺は傘を持ちかえ、車椅子の正面に回り込んで、優しく彼女を胸に抱き寄せた。

「捕まえた。ほら、もう逃げられないぞ」

葵は俺の背中に手を回し、洟を啜りながらがらがらの声を鳴らした。

「お互い様ですよ」

必死に力を込めて俺を抱き寄せる、細い両腕。彼女の命という儚い灯りが、暗がりの中で俺の顔を照らしている。

傘の下。

この雨の当たらない、小さな空間に身を寄せていれば。俺たちはずっとずっと。鬼に見つからない気がした。

✧⁺˚.

結婚式まで、あと四日。

雨は止んだ。しかし、葵はもう外に出られる状態ではなくなっていた。

ベッドから起き上がれず、咳と高熱に昨晩からうなされ続け、俺はつきっきりで彼女に寄り添った。

痛みが酷いのか。息切れをしながらうめく彼女を見かねて、鎮痛剤を投与する。すると落ち着いたのか、昼過ぎになってやっと寝息を立て始めた。

今までにない、まずい状態だというのは直感的に分かった。本来であれば、救急車を呼んで措置をしてもらうのが正しいのかもしれない。

でも、葵はそれを望んでいなかった。延命はしない。然る時が来れば、運命を受け入れる。それが彼女の意思だ。

しかし、俺はギリギリまで迷った。あと四日。俺と葵が、夫婦として式を挙げるその日まで。どうかどんな形であれ、彼女を生き長らえさせてほしいという、俺のエゴがちらついたからだ。

俺は鹿嶋さんに電話を掛けた。葵の状態が悪い。もしかしたら、式を挙げられないかもしれない、と。

「そうですか……でも、最後まで諦めないでください。お二人の挙式。全身全霊を込めて準備をして、お待ちしていますから」

その言葉に、俺は助けられた。彼女の回復を誰よりも信じて、待つべきなのは俺のはずなのに。そして、決意を固めた。

どんな形であれ、式は挙げる。俺は病院に連絡をして、訪問看護師さんに来てもらった。看護師さんはてきぱきと二十四時間点滴の準備を進め、座薬によるモルヒネの投与や、精神の薬、睡眠薬などの提案をしてくれた。

緩和ケア。これは単に痛みを和らげるだけではなく、患者さんが最後まで自分らしく生きられるためにすることだと、看護師さんは教えてくれた。

看護師さんが帰ってからも、葵の意識は一向に戻らず、一日があっという間に通り過ぎていった。

結婚式まで、あと三日。

ニコが見舞いに来た。点滴に繋がれたベッドの周りや、痩せこけてしまった葵の様子をみて沈痛な面持ちだったが、彼女の手を握りながら「式、楽しみにしているね」と声を振り絞った。

葵は返事をしなかった。目を瞑ったまま、穏やかに呼吸を繰り返している。

俺たちは話すこともなく、ただ黙って葵の顔を見つめ続けた。願いは同じに違いない。

彼女の時間が、再び動き出すことだけ。

「俺はもう、覚悟は決めているよ」

自分でも不思議なくらい、穏やかな口調だった。

「そんなこと、言ったらだめ」

対照的に、ニコの目はあっという間に涙で溢れ、手で口を覆って嗚咽しはじめた。

「お互い、いつこうなるのか分からない状態だったし。でも、仕事を辞めて以来、葵のことだけを考えてさ。一日一日、やりたいことを正直にやって過ごすことができたんだ。最後に挙式ができればよかったけど、悔いは残っていないよ」

ニコは葵の顔を見つめ、言葉に詰まりながら声を振り絞った。

「あなたがそう思ってるんだったら……彼女は幸せかもしれないね。でも、やっぱり信じられなくて。ついこの間まで、元気に旅行に行って、あんなに楽しそうにはしゃいでいたのに。いなくなるなんて、全然考えられないよ……」

聞こえているか。聞こえているよな。お前のこと、これだけ大切に思ってくれる人がいる。まだ離れたくないって、泣いてくれる人がいるんだ。良かったな。感謝しなくちゃいけないな。

俺は心の内で葵にそう問いかけながら、乾いた頬を指でそっとなぞった。

知らない間に、俺の指先は湿っていた。顔を覆うと、頬を熱い涙が伝っている。

「ああ、やっぱりダメだ。お前さ。このままさよならしたらダメなんだよ」

だからお願いだ。せめてもう一度、目を開けてくれ。俺の口から、言わせてくれよ。

お前に言い残したこと。伝えきれなかったことが、多すぎる。

少しずつすり減って、か細くなっていく彼女の命と、俺たちの時間。

いつかやってくる終わりという瞬間が、ついに正体を現したその瞬間が。これほど憎くて悔しいものだということを、俺たちは知った。

　結婚式まであと二日。

　俺は鹿嶋さんに電話をし、挙式のキャンセルを依頼した。

「葵は昏睡状態になりました。あとは最後まで彼女に寄り添って、看取ってやりたいと思っています」

　鹿嶋さんは、しばし絶句していた。やがて「残念です。お力になれなくて、申し訳ありません」と消え入りそうな声が耳に届いた。

「何を言っているんですか。こちらこそ、無理を言ってあれだけ準備をしてくださったのに。本当に申し訳ありません」

　通話を終えると、俺は葵のベッドの傍に腰を下ろした。

　今朝訪問看護師さんに来てもらって、措置をしてもらった。

　モルヒネが効いているから、今は痛みや苦しみを感じることもなく過ごせている。

「よく頑張ったな」

　苦しかっただろう。痛かっただろう。でもやっと解放される。これでもう、お前は自由だ。

　俺は朝から何度も、葵にそう声をかけ続けた。自分が自分で居られなくなった時。それ以上生き続けるつもりはないと、彼女は言っていた。だから俺は、「もう頑張らなくていいぞ」という意思を込めて、彼女に「よく頑張った」と何度も繰り返した。

彼女のそばに居続けて、あっという間に陽が落ちた。

夜になり、俺は再び鹿嶋さんに電話を掛けた。

「挙式、やっぱりやらせてもらえませんか」

自分の行動が正しいのかどうか、自信は持てない。でも確かに俺は、衝動的ではなく、はっきりと意思を持ってそう伝えた。

俺は、かつて二人で一緒に寄せ合い、集めた〝やりたいことリスト〟が貼られた壁を見つめながら、葵と過ごしたこの半年間の日々を思い返していた。

葵の望み。だし巻き、オキシトシン、猫。初めは、正直乗り気ではなかった。でも、彼女の歩みに寄り添い、病気を抱えるという同じ荷物を共有しながら、次第に考え方が変わっていった。

旅行に行った時には、もうはっきりと気づいていた。俺たちは、夫婦じゃない。でも、夫婦という存在に、限りなく近づいているということ。

葵の望みは、俺の望みになっているということ。

だから、彼女にも分かってもらえるだろう。

俺は、どうしても葵と夫婦としての契りを交わしたい。その証明として、ありふれたことかもしれないけど、あの光り輝く道を二人で歩きたい。その先にある誓いの場で何を感じるか、体験してみたい。

だから、ごめん。俺はお前と式を挙げる。

お前が知らない間に。記憶に刻まれないということを、分かった上で。

「これは俺の我儘です」

そう伝えると、鹿嶋さんの嗚咽と共に、絞り出すような声が聞こえた。

「いいえ、素敵なことだと思います。奥様もきっと喜びますよ。精一杯、努めさせていただきますから」

俺のやりたいことリスト。叶えさせてもらうよ。許せ、葵。


結婚式前日。

俺は覚悟を決めていた。しかし、葵を看取る瞬間は、訪れなかった。

別に正直信じちゃいないけど……仮に神様がいるとしたら、猶予を与えてくれたんだなと思うことにした。急に余命一年なんて、非情な運命を突きつけたくせに。残酷なんだか、慈悲があるんだか。よく分からないよな。

ずっと葵に寄り添っている俺の代わりに、ニコが有給を取って式の準備をやってくれた。葵の状況や俺の希望を伝えて、本当に厳しい時間制約の中、深夜まで走り回ってくれたらしい。

俺は父親にも連絡を入れていた。日付も変わろうかとしていた、深夜に。

返信は来なかった。既読もつかなかった。そりゃそうだろうな。忙しいだろうし。予定も入っているだろう。祝い金くらいは出すって言ってたから、後々いくらか包んではくれるんだろうけど。

いや、むしろ俺がそう望んでいたのかもしれない。

こんな直前に送れば、言い訳がつく。父の立場としても。俺も事前に知らせたことにはなるから、お互いの不義理にはならない。

俺はあの日、父と初めて心から言葉を伝え合って、一方的に憎んでいた父の立場を考えるようになった。

父からすれば、顔を出しづらいだろう。あれだけ長い間親としての責任を放棄しておいて、今更父親ヅラして式に出てくるなんて。俺的にはもうどうでもいいんだけど、父の気持ちになればそう思うかもしれない。

だから、筋を通しておこうと考えた。

それと、父に病気のことを知られたくないという気持ちもあった。葵の姿を一目見れば、俺がどういう経緯で葵と一緒に過ごし始め、結婚という経緯に至ったかがバレる恐れがある。

それはもちろん、俺の病気のことも。筋は通したいんだけど、そこだけはどうしても伏せておきたかった。

本当に愛し合った親と子なら、心配して欲しいし、最後まで身を案じてほしいと願うだろう。でも、俺たちはそうじゃない。父には父の人生がある。病気だと分かれば、流石に父だってもう俺のことをほったらかしにはしないだろう。むしろ立場があるからこそ、世間体を考えて、息子の病気が回復するように努めるかもしれない。

でも俺の残りの人生に、そんなしがらみは必要なかった。俺を心配してくれるのは、ニコだけで十分だ。彼女にはもう返しきれないほどの迷惑をかけてしまったけど、最後まで俺たちに寄り添うという彼女の強い意志は俺には伝わっている。ここで遠慮をすると彼女に心残りをさせることになるから、もう甘えることにした。

「考えられる限りの準備はしといたから。明日はしっかり。頑張ってね」

しっかり、か。そうだな。俺はしっかりしなくてはならない。

鹿嶋さんの為にも。ニコの為にも。そして何より、葵の為に。


挙式当日。

朝の匂いがした。冷たくて、澄んだ空気。肌寒さと共に、徐々に馴染んでいく意識。

布団から起き上がる。すぐに葵のベッドの手すりに手をかけて、顔を覗き込む。

俺はそのままの体勢で、息が止まりそうになった。そしてだらしなく表情を崩しながら、熱く脈打っている胸の鼓動を抱いて、心の奥底から突き上がってくる感情を、思うままに言葉にして吐き出した。

「マジかよ……」

彼女は目を開けていた。そして、俺の方にゆっくりと顔を向け、微笑んだ。

「寒い。お腹空いた。腰痛い。トイレ行きたい」

　眠っている間に散々溜め込んでいたのか。葵は支度を済ませて車に乗り込むまでの間に、遠慮のかけらもなくマシンガンのように我儘を吐き出した。

「ほれ、上着。もうちょっと我慢しな。体勢キツかったら横になるか？　トイレは式場に着くまでないぞ」

　俺も優しくなったもんだ。以前なら〝黙れ〟の一言で済ませていただろうが、流石にこの状況だと全て受け入れざるを得ない。

「やだ～」

　介護タクシーの後部で、不満げに口を尖らせながら首をぶんぶんと振る葵。以前ほどではないが、十分すぎるほど口が回っている。

「仕方ないだろ。ほら、もうすぐ着くから」

　式場が見えてきた。バックミラー越しに葵がその光景を見つめ、「へー」と目を見開きながら口を開ける。

　葵が目を覚ましてすぐに。俺は今から式を挙げることを伝えた。

「そうなんですね」

反応は、その一言だけだった。実感が湧いていないのかもしれないと思ったが、よく話をすると、彼女は意識を失う前に式を挙げる約束をしたこと自体覚えていなかった。

「私、退院しましたよね。よく覚えていないんですよね。いや、でもなんとなく覚えてるかも。そのうち思い出すかもしれないです」

葵は時々ぼーっとして意識が混濁したり、はっきりしたりと安定しない。記憶も曖昧だ。奇跡的に意識を取り戻したとはいえ、予断を許さない状況であることに変わりはない。

「お待ちしておりました。本日はおめでとうございます」

駐車場に車を停めるなり、鹿嶋さんが助手席側まで駆けつけてくれた。傍には数人のスタッフと、万全を期して医療関係者も手配してくれている。

「本当に我儘を言ってすいません。今日はよろしくお願いいたします」

車を降りて俺が深々と頭を下げると、鹿嶋さんが「とんでもございません」と狼狽えた。

「私……本当はダメなんですけど……枠、空けたままにしてたんです。ひょっとしたら、まだ可能性はあるかもしれない。諦めたくないって。そしたら、旦那様からお電話があって。その思いに心打たれて。それから、奥様の意識が戻られたと聞いて、涙が止まらなくなってしまって……だから、全然迷惑かかってません。ずっと、そのつもりで準備はしていましたから」

その言葉を聞いて、スタッフさんたちみんなが一様に頷きながら、目に涙を溜めている。

「あのう。早くトイレ行きたいんですけど。おしっこ漏れそう」

葵が車の中からブー垂れた顔をして声を上げる。せっかく感動的な雰囲気だったのに。空気読まんかい。

「申し訳ありません。すぐにご案内いたしますね！」

鹿嶋さんが張り切った様子で俺たちを式場へと導いてくれた。

「葵ちゃん！　良かった……本当に良かった」

受付に到着すると、紺のパーティードレスを身に纏ったニコが、葵を見るなり感極まった様子で彼女に抱きついた。

スタッフさんたちがそれを見ながらまたしんみりしている中、葵はおしっこが漏れそうな顔をして俺を睨んでいる。

「ああ、トイレトイレ。ちょっとお願いします。ニコ、今日はありがとう。本当に助かったよ」

葵をスタッフさんにお願いしてトイレに送り出すと、俺はニコに向かって深々と頭を下げた。

「いいんだって。お節介するのは私の生きがいだから」

化粧をしているが、目の下にうっすらと隈ができている。

「自分の仕事をして、家庭のこともこなしつつ、俺たちの式を代わりに準備してくれて。本当に大変だったと思う。感謝してるよ」

ニコは困ったように笑いながら、俺の肩をぽんと叩く。

「何度も言うけど。私はお節介なだけ。ここまでやってこられたのは、あなたたち二人の想いがあってこそ。そうやって言ってくれるのは嬉しいけど、私は少しだけ背中を押しただけだから、気にしないで。今日は目一杯楽しんで、いい日にしましょ。分かった？」

ニコはそうして控室を指差し、「あなたはあっち」とスタッフさんに案内を促した。

「控室、別なのか」

「そりゃそうでしょ。家じゃないんだから」

確かにそうか。当たり前だけど、こういうのは初めてだから、どこか浮ついてしまう。

控室で事前に選んだスーツに着替えながら、ヘアメイクをしてもらう。準備が終わった後は、何度も時計を確認して、高鳴っていく胸の鼓動と共に、その瞬間を待つ。

ニコは、葵の控室に行ったきり。彼女の体に気遣いながら着付けをするのは大変だろうなと想像する。

でも、一番頑張っているのは葵だ。痛みなどの措置はしてもらっているとはいえ、楽なはずはない。

よく戻ってきてくれた。生きてくれた。彼女に報いる為にも、俺はしっかりしなければいけない。

式の時間の数十分前。スタッフさんがやってきて、最後の打ち合わせと、俺だけでリハーサルを行った。葵の体力を考え、彼女には流れだけを伝えて、サポートをしながらぶっつけ本番で進めて行くらしい。

何の因果か。葵である新婦の代役はニコが務めた。俺はスタッフさんたちに見守られながらニコとバージンロードを歩き、互いに笑い合った。

「もし十年前の私に会えるとしたら、代わってあげたいな。まあ、それは冗談だけど」

かつて結婚しないのかとニコに問われた時。俺がもう少し大人だったら。彼女のことを考えてあげられる、優しい男だったら。

ニコを横目で見ながら、そんなことが頭に浮かぶ。いや、ないな。俺はずっと変わらなかった。ニコは、旦那さんに甘えっぱなしで、彼女を幸せにしてあげられる器があったとは思えない。

ニコは、旦那さんに対する感謝を常々口にしている。意見が食い違ったり、喧嘩をすることもあるけれど。それはお互いを尊重しあえる間柄であるからこそだと。会ったことはないけれど、人のことを大切にしてあげられる立派な人なんだと思う。

葵の顔が思い浮かぶ。不安な気持ちが頭をよぎる。

俺は、いい夫なのだろうか。葵のことを、我儘だとか何だとか言い訳して。彼女の気持ちを理解してあげてこられたのか。

神父さんが登壇して、誓いの言葉を促す。俺は台詞のように覚えた言葉を繰り返して、バージンロードを戻っていった。

「さあ、次は本番だよ。私なんかより、何倍も可愛い奥さんが出てくるからね」

ニコが無邪気に笑って、スマホのカメラを構える。俺は衣装を着たまま外の芝生のある庭園へと案内され、背を向けて立って待つように言われた。

ファーストミート。拍手と共に、スタッフさんたちから歓声が上がる。徐々に背後に近づいて来る、車椅子の車輪の振動。そして、気配が止まる。

なにやらヒソヒソと話し声が聞こえる。すると鹿嶋さんが正面に回り込んできて、俺に膝を立ててしゃがんでもらえませんか？　と申し出てくる。

きょとんとしたまま、言われるがままに膝を立てる。すると、柔らかいドレスの生地の感触と甘い匂いが俺を包み込み、俺の目を覆う。耳元で耳馴染みのある言葉が響いた。

「だーれかな？」

おいおい、大丈夫なのか？　という心配と、大勢の人に見られている中でこんなことしやがってという気恥ずかしさが混じりあって、思わず言葉に詰まる。

風に木々が揺れる。葵のドレスが宙を舞って、俺の頬を掠める。

息を吸って、冷たい空気が肺に満ちる。想いの言葉が、暖かい空気となって、葵の鼓膜を揺らす。

「だーれだ、だろ。ていうか、こんなことするやつ。他にいないだろうな」

「残念。時間切れです」

そう言って、葵が俺の顔を覗き込む。

——綺麗だ。

息を呑む。瞬きをするのを忘れるほどに、彼女の悪戯っぽい笑顔に見入る。きちんと化粧をした葵の顔を見るのは、初めてだ。俺は葵のことを見くびっていたのかもしれない。

俺の知らない彼女が、そこにいた。

俺は、なにも言わずに彼女を抱きしめていた。「わっ」と小さな叫び声をあげた葵だが、やがてしっかりと俺の背中に手を回してくる。

歓声が上がる。そのボリュームの大きさに驚いていると、背後からさらに耳慣れた声が聞こえた。

「だーれだ。その2」

え？　誰だ。俺は記憶を辿って、そんなことを言いそうな人間がもう一人いることに気がつく。

振り返ると、そこにはスーツ姿の山下が立っていて、無邪気に笑いながら拍手をしていた。

「お前……っていうか。みんなも……」

その背後には、会社の同期たち。かつてマネージャとして率いていたチームのみんな。わか松の社長や、広報の連島さんの姿もある。

「おめでとう。いやあ、めでたいなあ」

社長の音頭で、一際大きな拍手が上がる。俺はなにが何だか分からなくて、目をぱちくりさせながら山下の顔を見た。

「先輩。水臭すぎますよ。でもよかった。どうにか間に合って」

「お前。よくこんな短期間で……」

俺が労うように声をかけると、山下は照れ臭そうに目を細めた。

「俺、ずっと先輩の足引っ張ってばかりで、辞める時まで何にもできなかったじゃないですか。だから、どうにか先輩の役に立ちたいってずっと思ってたんです。それに、納得いかなかったんですよ。先輩、ずっと会社のために心を鬼にして仕事してきたのに。あんな形で去ることになって。だから、どうしても先輩の花道を作りたかったんです」

葵に寄り添っていたのか。ニコが俺の傍にやってきて、目配せをする。影の仕掛け人は、ニコだろう。あなたはもっと評価されないといけない。以前彼女が言っていた言葉が、脳裏に蘇った。

「彼、実は割と前から動いてくれていて。あちこち走り回って一人一人、説得してくれたんだよ」

「ふん。スケジュールの調整は俺がしたんだけどなあ」

俺の肩を叩く方へ振り返る。部長が、あの頃のようにふんぞり返って口を曲げていた。

「えっ。まさか……お忙しいのに。本当にすいません」

部長はまじまじと俺の顔を見つめながら詰め寄って来る。緊張感が走る中、俺がもう一度謝ろうとすると、部長は一度唇をぎゅっと結び、俺に問いかけた。

「以前言っただろう。営業というのは、仲間を作る仕事だと。見てみろ。君が歩んできた道を。これだけたくさんの仲間が、祝福してくれている。良かったな。今日は君の幸せを祝う日だ。本当に、おめでとう」

部長が泣きそうになっている。鬼の目にも涙だ。そうして、がっちりと手を差し出してきて、握手を交わす。そして俺は深々と一礼をした。

「頭を上げてくれ。ほら、美しい嫁さんが待っているぞ」

視線の先では、車椅子に座り直した葵が焦れったそうに手招きをしている。感動的な雰囲気の中、そのまま俺たちはチャペルへ。

「ご新郎さまのご入場です」

バイオリンとピアノの厳かな生演奏が会場に響く中、神父さんの後ろに続いた俺は、緊張で足が震えながら、ゆっくりと花道を進んでいく。

山下が、ニコが、部長が。みんながカメラを構えながら、微笑ましそうに、ぎこちなく歩く俺を見つめている。こうして注目されることは、やっぱり慣れない。でも、嬉しかった。俺のために、忙しい中こうして集まってくれて。自分が主役になれる日。鹿嶋さんが言っていた言葉が、胸の中ですっと浮かび上がってくる。

目の前で神父が自己紹介をし、会場に起立を促す。

「新婦の入場です」

アナウンスと共に、皆が背後の扉に釘付けになった。

ベールダウンをしてもらったニコに車椅子を押してもらい、少しずつバージンロードを進む葵。

俺は目を見開いた——その隣に、俺の父がいたからだ。

父は、堂々としていた。俺が会社に押しかけた時と同じように、しゃんとしたスーツを着て。だがその顔に、汗をかいていることに気がついた。

粛々と進む葵が、途中で振り返り、ニコに何かを言っている。ニコは首を横に振るが、お構いなしに車椅子を止める。

俺の待つ場所から、二メートルくらいであろうか。会場がざわつく中、葵は顔を顰めながら腰を上げ、膝を支えながら懸命に自分の足で前に進もうとする。

無茶だ。危ない——。

俺が手を貸そうと前屈みになったその時。彼女の隣にいた父が葵の肩を支え、声をかける。

「大丈夫。もう少しだ。ゆっくりでいいからな」

葵は荒く呼吸を繰り返しながら、俺の顔をじっと見据え、父の肩を借りてしっかりとした足取りでバージンロードを進んでいく。

自分の足で歩きたい。それが、病気に対するせめてもの意地だから——。

二メートル。たったそれだけの距離だが、葵の強い意志を示すのに十分すぎる距離だった。

ふらつきながらも、俺のもとに辿り着き、倒れ込むように腕を絡める。すかさずニコがフォローをして、車椅子に座り直す。

「見ました?」

葵が、息を切らしながら俺に得意げな笑顔を向けてくる。

「バカだな。無茶しやがって」

素直になれない俺は、涙声で彼女の頭を抱き寄せる。会場に拍手が沸き起こるなか、俺は父親に向かって尋ねた。

「どうして……いるんだ？」

父は表情を変えないまま、顔の汗を袖で拭いながら淡々と答える。

「……新婦には両親がいないと伺ってな」

父の登場はニコも鹿嶋さんも把握していなかったのか、目を丸くしていた。本当に、ぎりぎりで会場に飛び込んできたらしい。

「……今度は、間に合ってよかった」

父が俯きながらそう呟いたのが、微かに聞こえた。スロープが設置された舞台へ車椅子の葵と共に進む。目の前の神父が口を開き、俺と葵は腕を組みながら揃って顔を上げた。

讃美歌の斉唱。そして、誓約へ。

向かい合って手を結んだ俺たちが、神父の声に耳を傾ける。

――病めるときも、健やかなるときも、

――富めるときも、貧しきときも、

――妻として愛し、敬い、慈しむことを誓いますか？

「誓います」

俺ははっきりとした口調で、葵の目を見つめながら答えた。

そして葵の番。

――夫として愛し、敬い、慈しむことを誓いますか？

葵は、顔を上げず――。静寂が訪れる。

ざわつき始める会場。ニコが、不安げに葵を見つめている姿が目に映った。

「どうした？」

俺が、小声で声をかける。すると、悲しげな顔をした葵が、俺に向かって言葉を投げかけた。

「誓ったら――どうなるんですか？」

神父が困惑した顔で肩をすくめている。俺はパニックになりそうになりながらも、葵の心の中を見ようと、彼女の手を握りしめた。

静まり返る会場。葵は、納得がいかなそうな顔をしている。

俺は気がついた。前もこういうことあったな。ならば、俺がかけるべき言葉は――。

「これは――形式的なものだ。誓っても、誓わなくても。俺たちはなにも変わらないよ」

それを聞いた神父が、さらに顔を顰める。

「へ？　じゃあ、何のためにこの人いるんですか？」

この人って。俺は笑いが込み上げてくるのを堪えながら、葵の頭をぽんと叩いた。

「例えばこれが映画だとしたら。主人公は俺たちだ。そしてこれは、俺たちの物語だ。映画を盛り上げるために、画面に登場する人間たちには役割がある。この人も、あの人も。みんなそうだ」

「……結婚式って、そういうものなんですか？」

葵がきょとんとした顔で尋ねる。俺は迷いなく、歯を見せながら彼女に微笑みかけた。

「そういうもんだ。さあ、早く誓え。物語が進まねえだろ」

葵は腑に落ちたようにうんうんと頷きながら「そっか」と呟き、「誓います！」と元気よく手を挙げた。

「選手宣誓か」

俺のツッコミをかき消すかのように、讃美歌が会場を包み込む。

俺たちは向かい合い、神父から手渡された指輪をお互いの指に嵌め合う。

指輪は、以前お世話になった宝石店に無理を言って、急ピッチで作ってもらった。これもギリギリ。土壇場で俺のやりたいことが叶えられることになり、感謝の気持ちしかない。

足元を埋め尽くす、雲海のようなスモーク。結婚を誓約した二人は、なにも隔てるものがない。それを表すために、ベールアップを行う。

そして俺は膝をつき、車椅子に座ったままの葵の肩を抱き寄せる。

誓いの――あれ？　そういえば俺たちキスしたこと、なかった――。

目の前で、葵がプイッと顔を背ける。

「……どうした？」

「はっ……恥ずかしい……です」

バカ。こういうときに限って。他に恥じらうところいくらでもあっただろうが。

俺が再び葵の肩を摑んで半ば無理やり唇を重ねようとするが、また葵が避けて空振り。会場からドッと笑いが起こり、一転して和やかなムードに包まれた。

俺が呆れたように葵の頭をくしゃくしゃっと撫でると、会場から惜しみのない拍手が巻き起こる。

何の拍手だこれ？

俺が気まずそうに笑っていると、葵が申し訳なさそうに上目遣いに見つめていた。

祝福。浴びるような祝福に酔いしれるような時間を、俺たちは二人で過ごした。葵はやっぱり葵で。それを証明するかのような舞台は、舞い落ちる白い羽と、拍手と共にやがて幕を引いていく。


「ただいま」

葵が部屋に戻った時に、そう呟いた。

「あっという間だったな。あー疲れた」

風呂に入り、着替えを済ませ。お祝いの品などの片付けをして、ソファーにどかっと腰を下ろす。

洗面所で歯磨きを済ませた葵は、ベッドではなくソファーの前にやってきて、俺の膝に体を横たえた。そうしてそのまま、目を閉じる。

「猫みたいだな」

俺がそう言って頭を撫でると、葵は俺の腰から肩に抱きついて、胸までぐっと顔を寄せてきた。

「どうした。随分と人懐っこいな」

彼女の温かい体が、疲れを癒してくれるかのように温もりを与えてくれる。葵の顔を覗き込むと、具合が悪そうに荒く息をしていた。ベッドに横にさせようと体を引っ張るが、葵は首を横に振って俺の腰に抱きつき、目を瞑った。

「やっと。始まるんですね」

葵がぽつりと口を開く。

「どういう意味だ？」

俺が問いかけると、葵は俺の腕の中から壁一面に貼られたやりたいことリストを見つめた。

「――だし巻き。毎日作りますからね。作れるようになるまで苦労したけど、もう覚えたから大丈夫です」

葵のおじいちゃんの話を思い出す。葵が一生懸命作ってくれただし巻きが、俺と葵の絆を深めてくれた。

「これからたくさん食べられるんだな」

そう言って葵の頭を撫でると、葵は安心したように俺の手を握り、頰に添えた。

「──オキシトシン。これが、オキシトシン」

出た、謎の呪文。

「戸惑ったな……はじめは。だってお前、なかなか意味を教えねえんだもん」

葵は無邪気に目を細めながら、愛おしそうに俺の背中に手を回す。

心臓の鼓動が伝わってくる。やがて肩越しに耳元で囁く声が、優しく鼓膜を揺らした。

「ずっとこうしていたいです」

俺は、葵の折れそうなほどに痩せ細った背中を、優しく、強く抱き寄せた。

「オキシトシン。俺も、もらったからな」

「拓海さんも?」

俺は葵の頭をぎゅっと抱き寄せる。

「一緒にいれば、いつだってこうすることができる。お互いに分け合える。そうだろ?」

黙って頷く葵。

「俺たち、夫婦だからな」

「……そうですね」

二人で出し合ったリスト。全てを達成したら、夫婦を知ることができる。

そう信じて疑わなかったわけではない。でもお互いに、たどり着いた答えは同じだということは、今この場で確認できたように思えた。

「拓海さん」

「――なんだ？」

葵が顔をあげ、上目遣いで俺を見つめる。やがて一度息を呑み、意を決した様子で切り出した。

「私の母は、夫婦になれなかったそうです」

俺は驚いて、葵の顔をまじまじと見つめた。

「それは……おばあちゃんに聞いたのか？」

葵はこくりと小さく頷く。

「子供の頃から、私は祖母に何度も聞きました。〝どうして私にはお母さんもお父さんもいないの〟って……。でも、〝どこかで見守ってくれているよ〟とか。〝葵には私がずっとついている〟って、全然教えてくれなくて」

そこまで聞いて、俺は胸が苦しくなった。でも、覚悟を持って話す葵の気持ちを受け止めてあげなければ、と自分に言い聞かせた。

そして葵が口を開く。

「母は若くして私を身籠もって、でも当時付き合っていた人とは夫婦になれなかったみたいで。そして、私を産んで一年後に――」

そこから先は、言葉が続かなかった。

葵のおばあさんが、どうして頑なに本当のことを言わなかったのか。それは、葵が自分が産まれたことを責めないために、必要なことだったのかもしれない。

俺の腕の中で、葵が涙ぐみながら言葉を続ける。

「母はきっと――なりたかったはずですよね。夫婦ってやつに」

俺は何も言わず、深く頷いた。

「だから私は、残りの少ない人生で――母の願いを叶えたかったのかもしれません」

葵が、夫婦に対する強い憧れを持っていた理由。それは、自らの興味本位だけではなく、母に対する思いも重ねていたからだったかと思うと――すっと腑に落ちた。

「欲を言うと……子供も欲しくて。自分が恵まれなかったぶん、父と母ふたりで目一杯愛情を与えながら育てたいって思いもありました」

「……そうだったんだな」

やりたいことリスト――。葵が初めに挙げていた〝こども〟という項目。

もはや叶わないと分かっていても、そんな未来を願い続けたのには、そんな理由があったのか。

「でも今は、報告してあげたいです」

「――なんて？」

葵は安心したように微笑んで、俺の胸に顔を埋めた。

「私は――この人のおかげで、夫婦になれましたよって。たとえ子供がいなくても。私たちは夫婦として、幸せだって」

　俺は葵の頭を撫でながら、そう言ってくれる人がいることの幸せを噛み締めた。

「それは――俺もだよ」

　そう答えると、葵はぴょこんと顔をあげて、俺に怪訝そうな視線を向けた。

「……本当ですか？」

「ああ」

　すると、葵がもぞもぞとポケットから何かを取り出す。

「これ。今使います」

　目の前には、ワイルドカード。そういえば――病室でしたＵＮＯ。最後に勝ったのは、葵だったな。

「ああ、保留にしてたやつだな」

　よく覚えていたな。俺は今の今まですっかり忘れていたのに。確か勝った人が負けた人に質問をするってルールで――そう軽く考えていた俺に、葵がまっすぐな視線を向けながら、口を開いた。

「私のこと。好きですか？」

「……え？」

「好きですか？」

　冗談を言っている目ではない。俺の心に深く届くような視線を感じる。

　俺は葵の手からワイルドカードを抜き取り、答えた。

「……好きだよ。そういう無邪気なとこも。分かりやすいとこも。正直なとこも。お前が楽しそうにしているところを見ていると、俺も嬉しくなるし。悲しそうにしていると、切なくなる。心の一部を奪われたみたいに、お前のことばかり考えて過ごしてる。そんな自分も。そんな風にさせてくれているお前も。そんな毎日も。全部好きだ」

そして、そのまま葵の手に握り込ませる。

葵は俺の目をじっと見つめて、やがて顔を伏せた。

「おい。黙るなよ。恥ずかしいだろ」

すると葵は、手に持っていたワイルドカードを俺の目にペシッと貼り付けた。

ふいに遮られた視界。しかし、カードがはらりと落ちた瞬間。俺の頭を抱き寄せた柔らかな手の感触と共に、ぎこちなく唇が重なった。

長い長い一瞬が、あっという間に過ぎ去って。俺たちは顔を離すと、目を逸らすことなく見つめあった。

「そういうカッコつけなくせに、隙だらけなとことか。優しいだけじゃなくて厳しいとことか。私が楽しそうにしていると、一緒に笑ってくれるし、悲しそうにしていると、何も言わずに傍にいてくれる。だから好き。あなたが喜ぶことをしたくってうずうずしたり。ちょっと困らせたくて悪戯したり。そういう気持ちになっている自分も。そうさせてくれるあなたのことも。ぜーんぶ……好きです」

まさか、そう来るとは。流石に照れ臭くなって、ぷいと顔を逸らすと、葵がくすっと噴き出すように笑った。

「お前なあ……するなら結婚式の時にちゃんとしてくれよ」

俺がそうこぼすと、葵が無邪気に甘えるように、胸に抱きついてくる。

「私、形だけって嫌なんですよ。ちゃんとお互いに好きって分かってからでないと。知っているでしょ？」

そう言って葵は、悪戯っぽく笑った。

終章　最後の約束

山笑う。

華やかに彩られた空の奥。桜の花びらを踏み締めながら、石階段を一歩ずつ登っていく。足取りは決して軽いとは言えない。それでも俺は、ここに来ると決めた。久しぶりに訪れた区役所のインフォメーション。俺の体は、緊張と疲労で既に汗ばんでいた。

午前の窓口が閉まる間際の区民課は、平日とあって閑散としている。俺は整理券を取ることもなく、まっすぐに空いている窓口に向かった。

躊躇いと、動悸。職員さんと視線が絡まるまでの数秒が、とてつもなく長く感じられた。

「どうされました？」

若くてはきはきした女性の職員さんが、笑顔で応対してくれる。

俺はまた滝のような汗と、緊張に指を震わせながら。手に持っていたクリアケースから、一枚の書類を差し出した。

「あの……婚姻届を提出したいのですが」

職員さんが視線を下ろすと、僅かに表情に戸惑いの色が混じる。

「すいません。こんな継ぎ接ぎだらけで」

「あ、いえ。畏まりました。少々お待ちください」

書類に目を通しながら、パソコンを操作し始める職員さん。やがて明らかに焦った様子になって、恐る恐る席を立ち、俺に目を配りながら奥にいる上司と思しき職員さんに声を掛けに行く。

俺は、不安の中にいた。でも、もう後戻りはしないと決めている。じっくりと構えたまま受付の椅子に座っていると、白髪交じりの眼鏡をかけた五十代くらいの穏やかそうな職員さんがやってくる。

目の前に腰掛けた職員さんは、俺が渡した書類を目の前に置き、柔和な笑みを浮かべながら小さく頭を下げた。

「本日は、おめでとうございます」

俺はほっとして、職員さんよりももっと深く頭を下げ、「ありがとうございます」と繰り返した。

「伺っております。引き継ぎがきちんとできていなくてですね。申し訳ありませんでした」

「いいえ、こちらこそ。お忙しいのにこんなことにお付き合いいただいて」

職員さんは目尻を下げながら、セロテープで丁寧に貼り合わせた婚姻届を見つめる。

「力強い字ですね。奥様は、どんな方なんですか？」

俺は葵の顔を思い浮かべながら、「猫みたいなやつです」と目を細める。

「ほう。猫、ですか」

「そうです。気ままで、自由奔放で。それでいて、都合がいい時だけ人懐っこいんです」

「困りましたねえ」

「そうです。困ったやつなんです」

そう言って笑い合う。話しやすいし、懐が深そうな人だ、と思った。

「この婚姻届は？　ご準備されていたんですか？」

職員さんがまじまじと書類に目を凝らす。

俺は袖で汗を拭って、宙を仰ぎ見た。

暖かくなるまで、心の整理に費やした。自分の病気なんかどうだって良くなるほどに。

「私も、じきに動けなくなる。そうなる前に、整理をしておくべきだと思いまして。やっとあいつの荷物に手をつけました。そしたら、それが出てきたんです。以前に一度逆鱗に触れて、目の前でビリビリにされたものなんですが。こうやって丁寧に貼り合わせて、自分も署名していたのを。あいつ――ずっと大切に持っていたんです」

「それは。その時はどうして、ビリビリに？」

「こんな紙切れに――形にこだわるなって。私は、夫婦になるためには必要だと思って、意気揚々と準備してたんですけどね」

職員さんは興味深そうに腕組みをしながら、「確かに――」と感心する。

「法律上は、この書類がなければ夫婦になれません。でも、逆に考えれば、これさえあれば誰だって夫婦になれます。一定の条件を満たした男女であれば、誰だってね」

職員さんの推察は、的を射ているような気がする。

「誰だって――私たちも、初めはそんなノリでした」

俺もあいつも。人生の終わりを認識させられ、小さくない絶望と、絶え間ない不安を抱えていた。だからこそ、少しでも和らぐように。藁をも掴む思いで、互いに一緒にいることを選んだのかもしれない。

「偶然出会って。同じ境遇だということを知って、一緒に暮らし始めたんです。最初は大変でした。全然価値観が違うし、互いに家事力もままならないし。それこそ夫婦であるという形式的なこと以外に、一緒にいるという理由が存在しなかったんです」

職員さんは頷きながら耳を傾けてくれている。

「一緒に過ごされたのは、どのくらいでしたか？」

「半年――くらいですね」

「どうですか。変わられましたか？」

俺は手元を見つめた。かつてただ結婚を証明するだけの紙切れだった書類には、涙が染み込んでいる。何度も抱きしめて泣いたから。あいつの面影を感じるたびに。

「答え合わせですよね、これ」

「……そうですね」

「だったら、私の気持ちも一緒です」

「だから、こうしてここに？」

婚姻届。ただ持っているだけでは、夫婦になれない。だから俺は、最後までやり遂げることにした。

俺は葵との思い出を語った。全てが美しいわけじゃない。あいつに怒ったことも、困ったことも。気持ちが分からないと悩んだことも。全てはあいつを知るため。一人の人間として、愛するという感情に身を委ねたため。あいつのため。それが俺のためだと気づいたため。

ひとしきり語り終わり、もうすぐ昼休みだと気がついて、俺は一礼をして席を立つ。

「今日はお忙しい中、ありがとうございました。こうしてお話しできて、本当によかったです」

「いえいえ、とんでもない」

職員さんは腰をあげ、手を差し出してくる。がっちりと握手を交わすと、両手で包み込むようにして、しっかりと俺の目を見据えた。

「おめでとうございます。たとえ受理されなくても、あなたたちは立派な夫婦ですよ」

一緒に過ごした半年間。結局俺たちが夫婦だったという記録は、どこにも残ることはない。

それでも俺は、確信している。

人は一人でも生きていける。でも、二人でしか……夫婦でしか見えない景色がある。

俺はその列車に乗った。車窓から見える景色は、同じ土地を走っているのに、全然違った。

一緒にいたい。一緒にいて、何をしたい。どこへ行きたい。その気持ちこそが、夫婦だったんだな。

楽しかったな。あっという間だったな。まだまだ行きたい場所はあったけど。それを言い出したらキリがない。

俺は職員さんにもう一度深々と一礼をして、机上の婚姻届はそのままに、窓口を後にした。


桜並木。

風はまだ冷たい。弱った体には染みる。

ちょうど一年前。俺たちは病院で出会った。

あいつが駆け抜けた世界を、俺はまだこうして漂っている。

――でも、それももうすぐ終わるだろう。

俺に、あとどのくらい時間が残されているのかは分からない。

今この瞬間。

俺は――生きている。あいつは――もうどこにもいない。

それ以外に、正解は存在しない。

だからこそ、俺は思う。俺の中には――俺がここにいる限り、いつだって、どこだってあいつと会話できる。そこに距離は存在しない。

できればちゃんと声が聞きたい。記憶の中以外で。

その願いも——もうじき叶うはずだ。


風に乗って舞い散る桜の花びらが、いたずらに鼻の上に載る。

俺は立ち止まり、そっと指先で触れとって、語りかける。


お前に言い忘れたことがある。

——ありがとう。

夫婦になってくれて。

そして最後に、謝りたい。

俺の最後の願い。やりたいこと。勝手に叶えさせてもらったぞ。悪いな、葵。


はらりはらりと、ゆっくりと舞い落ちる花びらのキャスケード。

立ち尽くしている俺は、ふと足元に気配を感じて視線を落とす。

猫だ。いつの間に。

俺が目を見開いていると、気まぐれにくるくると足元を回ったかと思えば——風が吹くと、身を隠すかのように寄り添って俺の顔を見上げてくる。

俺はゆっくりと膝を折って、目線を下げる。そして、やたらと人懐っこい猫に微笑みかけた。

会話もなく。風のように時間が過ぎていく。

やがて名もなき猫はぴんと耳を立てて、小さく首を振る。そしてくるりと踵を返し、並木道をまっすぐに歩き始めた。

少しずつ小さくなる背中。追いかけるように、再び俺は一歩を踏み出す。

やがて猫は視界から消えていった。俺は足取りを止めることなく、粉雪のように降り注ぐ花びらを浴びながら、前を向いた。

ふと、かつて二人で歩いたバージンロードを思い出しながら。

「来世は猫になるのも悪くないな」と呟き、俺は小さく笑った。

余命一年、夫婦始めます

高梨愉人

2022年11月5日初版発行

発行者……………千葉 均
発行所……………株式会社ポプラ社
〒102-8519 東京都千代田区麹町4-2-6

フォーマットデザイン 荻窪裕司(design clopper)
組版・校閲 株式会社鷗来堂
印刷・製本 中央精版印刷株式会社

落丁・乱丁本はお取り替えいたします。
電話(0120-666-553)または、ホームページ(www.poplar.co.jp)のお問い合わせ一覧よりご連絡ください。
※電話の受付時間は、月～金曜日、10時～17時です(祝日・休日は除く)。

本書はフィクションであり、実在の人物および団体とは関係ありません。

ポプラ文庫ピュアフル

ホームページ www.poplar.co.jp

N.D.C.913/287p/15cm
ISBN978-4-591-17539-2
P8111344